folio junior

Collection dirigée par Jean-Philippe Arrou-Vignod

Pour en savoir plus :
http://www.cercle-enseignement.fr

Les contes suivants ont été traduits par Jean Amsler :
Raiponce
Du pêcheur et de sa femme

Tous les autres contes ont été traduits par Marthe Robert :
Le vaillant petit tailleur
Jeannot et Margot (Hansel et Gretel)
Les sept corbeaux
Blancheneige
L'oiseau d'or
Jean le Veinard
La clé d'or

Grimm

Le vaillant petit tailleur

et autres contes

Illustrations d'Aurélia Fronty

Traduit de l'allemand
par Marthe Robert et Jean Amsler

Carnet de lecture
par Philippe Delpeuch

GALLIMARD JEUNESSE

Le vaillant petit tailleur

Par un matin d'été, un petit tailleur, assis sur sa table, près de la fenêtre, était de bonne humeur et cousait de toutes ses forces. Et voilà qu'une paysanne descendit la rue en criant :

– Marmelade, bonne marmelade à vendre !

Ce fut bien agréable à l'oreille du petit tailleur, il passa sa tête menue par la fenêtre et cria :

– Montez, bonne femme, on va vous débarrasser de votre marchandise !

La femme monta les trois étages avec son lourd panier et dut déballer devant lui tous ses pots. Il les examina tous, les leva en l'air, y mit le nez et dit enfin :

– La marmelade m'a l'air bonne, pesez-m'en donc quatre onces[1], ma bonne femme, même si ça fait un quart de livre[2] ça m'est égal.

1. Once : ancienne unité de poids.
2. Quart de livre : une livre est une ancienne unité de poids. Un quart de livre vaut moins de 120 grammes, c'est donc une très faible quantité.

La femme, qui avait espéré faire une bonne vente, lui donna ce qu'il demandait, mais s'en fut toute fâchée et en bougonnant.

– À présent, Dieu bénisse ma confiture, s'écria le petit tailleur, et qu'elle me donne force et vigueur !

Il alla prendre le pain de la miche et y tartina la marmelade.

– Ça ne va pas être mauvais, dit-il, mais avant d'y mettre la dent, je vais finir mon pourpoint[1].

Il posa le pain à côté de lui, continua de coudre et, de plaisir, fit des points de plus en plus grands. Cependant l'odeur de la confiture sucrée montait le long des murs où il y avait une grande quantité de mouches, si bien qu'elles furent attirées et vinrent en troupe s'abattre dessus.

– Hé, qui vous a donc invitées ? dit le petit tailleur et il chassa ses convives importuns[2].

Mais les mouches, qui ne comprenaient pas l'allemand, ne se laissèrent pas écarter et revinrent au contraire en compagnie de plus en plus nombreuse. Alors la moutarde, comme on dit, finit par monter au nez du petit tailleur, il attrapa un bout de drap dans sa corbeille à chiffons et, « attendez un peu que je vous en donne ! », il tapa

1. Pourpoint : ancien vêtement masculin couvrant le buste.
2. Importuns : qui ne sont pas les bienvenus.

dessus impitoyablement. Quand il retira le chiffon et compta, il n'en vit pas moins de sept, mortes sous ses yeux, les pattes en l'air.

– Serais-tu donc un gaillard de cette trempe ? dit-il, forcé lui-même d'admirer sa vaillance, il faut que toute la ville sache cela.

Et en grande hâte, le petit tailleur se coupa une ceinture, la cousit et y broda en grandes lettres : « Sept d'un coup ! »

– Eh quoi, la ville ? dit-il, non, c'est le monde entier qui doit le savoir.

Et de plaisir, son cœur se trémoussait dans sa poitrine comme la queue d'un petit agneau.

Le tailleur se noua la ceinture autour du corps et décida d'aller courir le vaste monde, parce qu'il pensait que son atelier était trop petit pour sa bravoure. Avant de partir, il chercha s'il n'y avait pas dans sa maison quelque chose à emporter, mais il ne trouva rien d'autre qu'un vieux bout de fromage qu'il fourra dans sa poche. Devant la porte, il aperçut un oiseau qui s'était pris dans un buisson, l'oiseau dut aller retrouver le fromage dans sa poche. Puis il se mit bravement à arpenter la route, et comme il était léger et preste, il ne ressentait pas de fatigue. Son chemin le conduisit en haut d'une montagne et quand il en atteignit le sommet, voici qu'un énorme géant y était assis et promenait tranquillement ses regards alentour.

Le petit tailleur alla hardiment à lui, l'interpella et lui dit :

– Bonjour, camarade, hein, te voilà en train de contempler le vaste monde ? Je suis justement en train de m'y rendre pour y tenter ma chance. As-tu envie de venir avec moi ?

Le géant toisa[1] le tailleur d'un air dédaigneux et dit :

– Pouilleux ! Pitoyable avorton !

– Par exemple ! répondit le petit tailleur en déboutonnant son habit et en montrant sa ceinture au géant, tiens ! Lis donc là quel gaillard je suis !

Le géant lut : « Sept d'un coup ! », pensa que c'étaient des hommes que le tailleur avait assommés, et se sentit un peu de respect pour le petit luron. Pourtant il voulut d'abord le mettre à l'épreuve, prit une pierre dans sa main et la pressa tellement qu'il en sortit de l'eau.

– Fais-en autant, dit le géant, si tu en as la force.

– Si ce n'est que ça, dit le tailleur, pour nous autres c'est un jeu d'enfant.

Il mit sa main dans sa poche, y prit le fromage mou et le serra de manière à en exprimer le jus.

– Hein ! fit-il, c'est un peu plus fort ?

Le géant ne sut que dire, il n'aurait jamais cru ça de ce petit homme. Alors il ramassa une pierre

1. Toisa : regarda avec mépris.

et la lança si haut qu'on pouvait à peine la suivre des yeux.

– Eh bien, mon petit caneton, fais-en donc autant !

– Bien lancé, dit le tailleur, mais ta pierre, il a bien fallu qu'elle retombe après, moi, je vais t'en lancer une qui ne reviendra pas du tout.

Il mit la main dans sa poche, y prit l'oiseau et le jeta en l'air. Ravi d'être libre, l'oiseau s'éleva, prit son vol et ne revint plus.

– Qu'est-ce que tu dis de mon petit tour, camarade ? demanda le tailleur.

– Quant au lancer, tu t'y entends, dit le géant, mais maintenant nous allons voir si tu es capable de porter un poids convenable.

Il conduisit le tailleur auprès d'un chêne puissant qui était abattu et gisait par terre, et dit :

– Si tu es assez fort, aide-moi à sortir cet arbre du bois.

– Volontiers, répondit le petit bonhomme, tu n'as qu'à prendre le tronc sur tes épaules, je soulèverai les branches avec tout le feuillage et je les porterai, c'est bien le plus lourd.

Le géant prit le tronc sur ses épaules, mais le tailleur s'assit sur une maîtresse branche et le colosse[1], qui ne pouvait pas se retourner, dut

1. Colosse : géant.

emporter tout l'arbre et le tailleur par-dessus le marché. Celui-ci était tout guilleret et de bonne humeur là-derrière, il sifflotait la chansonnette « Trois tailleurs s'en allaient à cheval », comme si porter un arbre n'était qu'un jeu d'enfant. Après avoir traîné sa lourde charge un bout de chemin, le géant ne put pas continuer et s'écria :

– Écoute, il faut que je lâche l'arbre !

Le tailleur sauta prestement par terre, prit l'arbre à deux bras comme s'il l'avait porté et dit au géant :

– Un grand gaillard comme toi, tu ne peux même pas porter cet arbre !

Ils continuèrent de cheminer ensemble, et comme ils passaient près d'un cerisier, le géant saisit la cime de l'arbre, là où il y avait les fruits les plus mûrs, la courba, la mit dans la main du petit tailleur et lui dit d'en manger. Mais le petit tailleur était bien trop chétif[1] pour tenir l'arbre et quand le géant le lâcha, il se redressa et le tailleur fut projeté en l'air. Quand il fut retombé sans mal, le géant dit :

– Qu'est-ce que ça veut dire ? Tu n'as pas la force de tenir cette misérable badine[2] ?

– Ce n'est pas la force qui me manque, répondit

1. Chétif : petit et faible.
2. Badine : canne mince et souple.

le petit tailleur, penses-tu que ce soit une affaire pour quelqu'un qui en a occis[1] sept d'un coup ? J'ai bondi par-dessus l'arbre parce que les chasseurs là, en bas, sont en train de tirer dans le fourré, saute derrière moi si tu peux.

Le géant essaya, mais il ne put passer par-dessus l'arbre et resta accroché dans les branches, si bien que le petit tailleur garda encore l'avantage.

Le géant dit :

– Puisque tu es un gars si courageux, viens avec moi dans notre caverne et passe la nuit avec nous.

Le petit tailleur se montra disposé à le suivre. Quand ils arrivèrent dans la caverne, ils trouvèrent d'autres géants assis près de l'âtre, et chacun d'eux avait un mouton rôti où il mordait à belles dents. Le tailleur inspecta les lieux et pensa : « C'est vraiment beaucoup plus spacieux que mon atelier. » Le géant lui désigna un lit, en lui disant de s'y coucher et de dormir tout son soûl. Mais le lit était beaucoup trop vaste pour le petit tailleur, il ne se mit pas dedans et alla se blottir dans un coin. Quand il fut minuit et que le géant crut le petit tailleur profondément endormi, il se leva, prit une grosse barre de fer, en donna un coup sur toute la largeur du lit, et crut

1. Occis : tué.

avoir achevé le marmouset. Dès l'aube les géants partirent pour la forêt, et ils avaient complètement oublié le petit tailleur quand, tout à coup, ils le virent venir d'un air tout joyeux et téméraire. Ils prirent peur, craignirent d'être assommés et s'enfuirent à toutes jambes.

Le petit tailleur continua son chemin, toujours le nez en l'air. Après avoir cheminé longtemps, il se trouva dans la cour d'un palais royal et comme il se sentait las, il se coucha dans l'herbe et s'endormit. Pendant qu'il dormait, des gens arrivèrent, le regardèrent sur toutes les faces et lurent sur sa ceinture : « Sept d'un coup ! »

– Ah, dirent-ils, que vient faire ici ce grand guerrier, en pleine paix ? Ce doit être un puissant seigneur.

Ils allèrent rapporter la chose au roi et lui dirent qu'au cas où la guerre éclaterait, ce serait là un personnage important et utile qu'il ne fallait laisser partir à aucun prix. Le conseil plut au roi et il envoya au petit tailleur l'un de ses courtisans qui, à son réveil, devait lui offrir de prendre du service dans l'armée. L'ambassadeur resta auprès du dormeur, attendant qu'il s'étirât et ouvrît les yeux, puis il lui fit sa proposition.

– C'est justement pour cela que je suis venu, répondit-il, je suis prêt à me mettre au service du roi.

On le reçut donc avec tous les honneurs et on lui assigna une demeure particulière.

Mais les militaires étaient montés contre le petit tailleur et le souhaitaient à mille lieues de distance. « Que va-t-il sortir de là ? se disaient-ils dans leurs conciliabules[1], si nous lui cherchons noise et qu'il cogne, il en tombera sept à chaque coup. Dans ces conditions, nous ne pourrons pas lui tenir tête. » Ils prirent donc une résolution, allèrent tous ensemble trouver le roi et lui demandèrent leur congé.

– Nous ne sommes pas faits, dirent-ils, pour vivre à côté d'un homme qui vous en assomme sept d'un coup.

Le roi fut attristé de perdre tous ses fidèles serviteurs à cause d'un seul, il souhaita que ses yeux ne l'eussent jamais vu et se serait volontiers débarrassé de lui. Mais il n'osait pas lui signifier son congé, parce qu'il avait peur que le petit tailleur ne le tuât, lui et les siens, et ne montât sur le trône. Il retourna le problème en tous sens et finit par trouver un expédient[2]. Il envoya quelqu'un au tailleur et lui fit dire que, puisqu'il était un si grand guerrier, il allait lui faire une proposition. Dans une forêt de son royaume habitaient deux

1. Conciliabules : réunions secrètes.
2. Trouver un expédient : trouver un moyen de se tirer d'embarras.

géants qui causaient de grands dégâts en volant, tuant, grillant et incendiant, personne ne pouvait approcher d'eux sans se mettre en danger de mort. S'il triomphait de ces deux géants et les tuait, il lui donnerait sa fille unique en mariage, et la moitié de son royaume en dot[1] ; de plus cent cavaliers l'accompagneraient et lui prêteraient main-forte.

« Ce ne serait pas mal pour un homme comme toi, se dit le petit tailleur, on ne vous offre pas tous les jours une jolie princesse et la moitié d'un royaume. »

– Oh oui, je me charge de mater les géants, et je n'ai pas besoin pour cela de cent reîtres[2]. Qui en abat sept d'un coup n'a pas de raison d'en craindre deux.

Le petit tailleur se mit en route, suivi des cent cavaliers. Arrivé à l'orée du bois, il dit à ses compagnons :

– Faites donc halte ici, je viendrai bien à bout des géants tout seul.

Il entra d'un bond dans la forêt et regarda de droite et de gauche. Au bout d'un petit moment, il aperçut les géants couchés sous un arbre, ils dormaient et ronflaient si fort qu'ils faisaient monter et descendre les branches. Vivement, le

1. Dot : biens qu'une femme apporte en mariage.
2. Reîtres : soldats brutaux.

petit tailleur remplit ses deux poches de pierres et grimpa dans l'arbre. Quand il fut au milieu, il se laissa glisser le long d'une branche pour arriver juste au-dessus des dormeurs, et fit tomber ses pierres l'une après l'autre sur la poitrine de l'un d'eux. Pendant longtemps le géant ne sentit rien, mais finalement il se réveilla, donna une bourrade à son compagnon et dit :

– Pourquoi me bats-tu ?

– Tu rêves, dit l'autre, je ne te bats pas.

Ils s'allongèrent de nouveau pour dormir, mais alors le tailleur jeta une pierre sur le second.

– Qu'est-ce que ça veut dire ? s'écria l'autre, pourquoi me lances-tu des pierres ?

– Je ne te lance pas de pierres, répondit le premier en bougonnant.

Ils se chamaillèrent un moment, mais comme ils étaient fatigués, ils en restèrent là et leurs yeux se refermèrent. Le petit tailleur recommença son manège, il choisit la pierre la plus grosse et la jeta de toutes ses forces sur la poitrine du premier géant.

– C'est trop fort ! s'écria-t-il, il se leva comme un fou et poussa violemment son compagnon contre l'arbre, qui en trembla. L'autre lui rendit la monnaie de sa pièce et ils entrèrent dans une telle fureur qu'ils arrachèrent les arbres et cognèrent l'un sur l'autre, tant et si bien qu'ils tombèrent morts en même temps. Alors le petit tailleur sauta par terre.

– Une chance, dit-il, qu'ils n'aient pas arraché l'arbre où j'étais perché, sans quoi j'aurais dû sauter sur un autre à la manière d'un écureuil, mais nous sommes lestes, nous autres !

Il tira son épée et en assena quelques bons coups dans la poitrine de chacun, puis il sortit du bois pour retrouver ses cavaliers et dit :

– L'ouvrage est fait, je leur ai donné à tous deux le coup de grâce. Mais l'affaire a été rude, dans le péril ils ont déraciné des arbres, pourtant tout cela ne sert de rien quand il en vient un comme moi qui en abats sept d'un coup.

– Vous n'êtes donc pas blessé ? demandèrent les cavaliers.

– Pas de danger, ils n'ont pas touché à un cheveu de ma tête.

Les cavaliers ne voulurent pas le croire, et entrèrent dans la forêt ; ils y trouvèrent les géants baignant dans leur sang, au milieu des arbres arrachés.

Le petit tailleur demanda au roi la récompense promise, mais celui-ci, qui regrettait sa promesse, chercha un nouveau moyen de se débarrasser du héros :

– Avant d'obtenir ma fille et la moitié de mon royaume, dit-il, il te faut accomplir un nouvel exploit. Dans la forêt, il y a une licorne[1] qui fait de grands dégâts, il faut d'abord me l'attraper.

– Je crains encore moins une licorne que deux géants ; sept d'un coup, voilà mon affaire.

Il emporta une corde et une hache, alla à la forêt et dit encore une fois à ceux qu'il avait sous ses ordres de l'attendre dehors. Il n'eut pas à chercher longtemps, la licorne ne tarda pas à se montrer et bondit tout droit sur le tailleur, comme si elle voulait sans plus de façons l'embrocher.

– Doucement, doucement, dit-il, ça ne se fait pas si vite que ça.

Il s'arrêta et attendit que la bête arrivât tout près de lui, puis il bondit prestement derrière un arbre. La licorne donna de toute sa force contre l'arbre et enfonça sa corne si profondément dans le tronc qu'elle n'eut pas assez de force pour la retirer et se trouva prise.

– Je tiens l'oiseau, dit le tailleur, il sortit de derrière son arbre, passa d'abord sa corde au cou de la licorne, puis, à coups de hache il dégagea la corne du tronc, et quand tout fut réglé, il emmena la bête et la conduisit au roi.

Le roi ne voulut pas encore lui accorder la récompense promise et exprima une troisième exigence. Avant ses noces, le tailleur devrait

1. Licorne : cheval fabuleux, portant une corne sur le front.

encore lui attraper un sanglier qui causait de grands dégâts dans la forêt ; les chasseurs lui prêteraient main-forte.

– Bien, dit le tailleur, ce n'est qu'un jeu d'enfant.

Il n'emmena pas les chasseurs dans le bois et ils en furent bien contents, car le sanglier les avait déjà accueillis souvent d'une manière qui leur ôtait l'envie de se mettre à sa poursuite. Quand le sanglier aperçut le tailleur, il fonça sur lui, l'écume à la gueule, en s'aiguisant les dents, et voulut le jeter par terre. Mais le héros sauta avec agilité dans une chapelle voisine et, d'un bond, ressortit aussitôt par la fenêtre du haut. Le sanglier l'avait suivi, mais le tailleur fit le tour par-dehors et ferma la porte sur lui : alors l'animal furieux, bien trop lourd et maladroit pour sauter par la fenêtre, se trouva pris. Le tailleur appela les chasseurs, pour qu'ils vissent de leurs propres yeux l'animal prisonnier. Le héros quant à lui s'en alla trouver le roi qui, bon gré mal gré, dut alors tenir sa promesse et lui donna sa fille et la moitié de son royaume. S'il avait su qu'il n'avait pas devant lui un grand guerrier, mais un petit tailleur, il eût été encore plus affecté[1]. Les noces furent donc célébrées en grande pompe et petite joie et l'on fit un roi d'un petit tailleur.

1. Affecté : peiné.

Quelque temps après, la jeune reine entendit son époux parler en rêve, la nuit :

– Fais-moi ce pourpoint, garçon, et ravaude[1]-moi cette culotte, ou bien je te casse mon aune[2] sur les oreilles.

Elle comprit alors dans quelle ruelle le jeune seigneur était né. Le lendemain elle confia son chagrin à son père et le pria de l'aider à se débarrasser d'un mari qui n'était rien de plus qu'un tailleur. Le roi la consola et lui dit :

– La nuit prochaine, laisse la porte de ta chambre ouverte, mes serviteurs se tiendront dehors et quand il sera endormi, ils entreront, le ligoteront et le porteront sur un navire qui l'emmènera dans le vaste monde.

La femme se montra satisfaite, mais l'écuyer du roi, qui avait tout entendu, était attaché à son jeune maître et lui dénonça tout le complot.

– Je mettrai obstacle à la chose, dit le tailleur.

Le soir, il alla se coucher avec sa femme à l'heure habituelle. Quand elle le crut endormi, elle se leva, ouvrit la porte et se recoucha. Le petit tailleur, qui feignait seulement de dormir, se mit à crier d'une voix claire :

– Fais-moi ce pourpoint, garçon, et ravaude-moi cette culotte, ou bien je te casse mon aune

1. Ravaude : raccommode.
2. Aune : bâton servant à mesurer le tissu.

sur les oreilles ! J'en ai occis sept d'un coup, j'ai tué deux géants, capturé une licorne, pris un sanglier, et j'aurais peur de ceux qui sont en ce moment dehors, devant ma chambre ?

Quand ceux-ci entendirent le tailleur parler ainsi, ils furent pris d'une grande frayeur, ils détalèrent comme s'ils avaient la chasse infernale à leurs trousses, et pas un ne voulut plus se risquer à l'attaquer. C'est ainsi que le petit tailleur devenu roi le resta toute sa vie.

Raiponce

Il était une fois un homme et une femme qui depuis longtemps désiraient en vain un enfant, enfin la femme fut en espérance que le bon Dieu exaucerait leur vœu. Ces gens avaient à l'arrière de leur maison une petite fenêtre par où l'on pouvait voir dans un superbe jardin plein des plus belles fleurs et herbes ; mais il était entouré d'un haut mur et personne n'osait y entrer car il appartenait à une magicienne qui avait un grand pouvoir et était redoutée de tout le monde. Un jour, la femme était à cette fenêtre et regardait en bas dans le jardin, voilà qu'elle aperçut une platebande qui était plantée des plus belles raiponces[1] et elles étaient si fraîches et si vertes qu'elle eut une envie et ressentit le plus grand désir de manger des raiponces. Ce désir allait croissant chaque jour et, comme elle savait qu'elle n'en aurait pas,

1. Raiponces : plantes à fleurs violettes.

elle dépérit, eut une mine blême[1] et misérable. Alors, l'homme prit peur et demanda :

– Que te manque-t-il, chère femme ?

– Ah ! répondit-elle, si je n'arrive pas à manger de raiponces du jardin qui est derrière notre maison, je meurs.

Le mari, qui l'aimait bien, pensa : « Avant de laisser mourir ta femme, tu vas lui chercher des raiponces, quel qu'en soit le prix. »

Le soir, il sauta le mur du jardin de la magicienne, saisit en toute hâte une poignée de raiponces, et les apporta à sa femme. Elle les mit aussitôt en salade et les mangea goulûment. Mais elles lui avaient tant plu au goût que le lendemain elle en eut trois fois plus envie. Pour qu'elle se calmât, le mari dut encore une fois sauter le mur du jardin. Il le fit donc à la tombée du soir, mais quand il fut descendu du mur, il eut une peur énorme car il vit devant lui la magicienne.

– Comment peux-tu oser, dit-elle avec un regard courroucé, entrer par escalade dans mon jardin et me voler mes raiponces comme un larron ? Il t'en cuira.

– Ah ! répondit-il, faites prévaloir grâce sur droit[2], je ne m'y suis résolu que par nécessité : ma

1. Blême : très pâle.
2. Faites prévaloir grâce sur droit : renoncez à défendre votre droit et montrez-vous indulgente.

femme a aperçu vos raiponces par la fenêtre et éprouve une si grande envie qu'elle mourra si elle n'en a pas à manger.

Alors la magicienne revint un peu de son courroux et lui dit :

– S'il en est ainsi que tu le dis, je te permettrai d'emporter des raiponces tant que tu voudras, seulement je pose une condition : tu devras me donner l'enfant que ta femme mettra au monde. Il sera bien traité et j'en prendrai soin comme une mère.

L'homme dans son angoisse dit oui à tout et, quand la femme fut en couches, la magicienne aussitôt parut, donna à l'enfant le nom de Raiponce et l'emporta.

Raiponce devint la plus belle enfant du monde. Quand elle eut douze ans, la magicienne l'enferma dans une tour située dans une forêt et qui n'avait ni escalier ni porte, sauf tout en haut une toute petite fenêtre. Quand la magicienne voulait entrer, elle se plaçait au pied de la tour et criait :

Raiponce, Raiponce,
Laisse descendre tes cheveux.

Raiponce avait de superbes cheveux longs, fins comme l'or filé. Quand elle entendait la voix de la magicienne, elle défaisait ses nattes, les nouait en haut à un crochet de fenêtre et alors les cheveux tombaient vingt aunes plus bas et la magicienne y grimpait.

Après une paire d'années, il se trouvait que le fils du roi vint à cheval par la forêt et passa au pied de la tour. Alors il entendit un chant, s'arrêta et tendit l'oreille : c'était Raiponce qui passait ainsi le temps dans sa solitude à faire retentir sa charmante voix. Le fils du roi voulut monter jusqu'à elle et chercha une porte de la tour mais il n'en pouvait trouver. Il rentra à son logis, mais le chant avait si fort touché son cœur que chaque jour il retournait dans la forêt l'écouter. Un jour qu'il était ainsi derrière un arbre, il vit qu'une magicienne arrivait et criait vers le haut de la tour :

Raiponce, Raiponce,
Laisse descendre tes cheveux.

Alors Raiponce défit ses tresses, les laissant tomber, et la magicienne y grimpa. « Si c'est l'échelle par où l'on monte, je tenterai aussi ma chance un jour. »

Et le lendemain, quand il commençait à faire sombre, il alla au pied de la tour et cria :

Raiponce, Raiponce,
Laisse descendre tes cheveux.

Aussitôt les cheveux tombèrent et le fils de roi y grimpa. D'abord Raiponce eut grand-peur quand un homme entra chez elle tel que ses yeux n'en avaient encore vu de pareil, mais le fils de roi se mit à lui parler tout à fait amicalement et lui

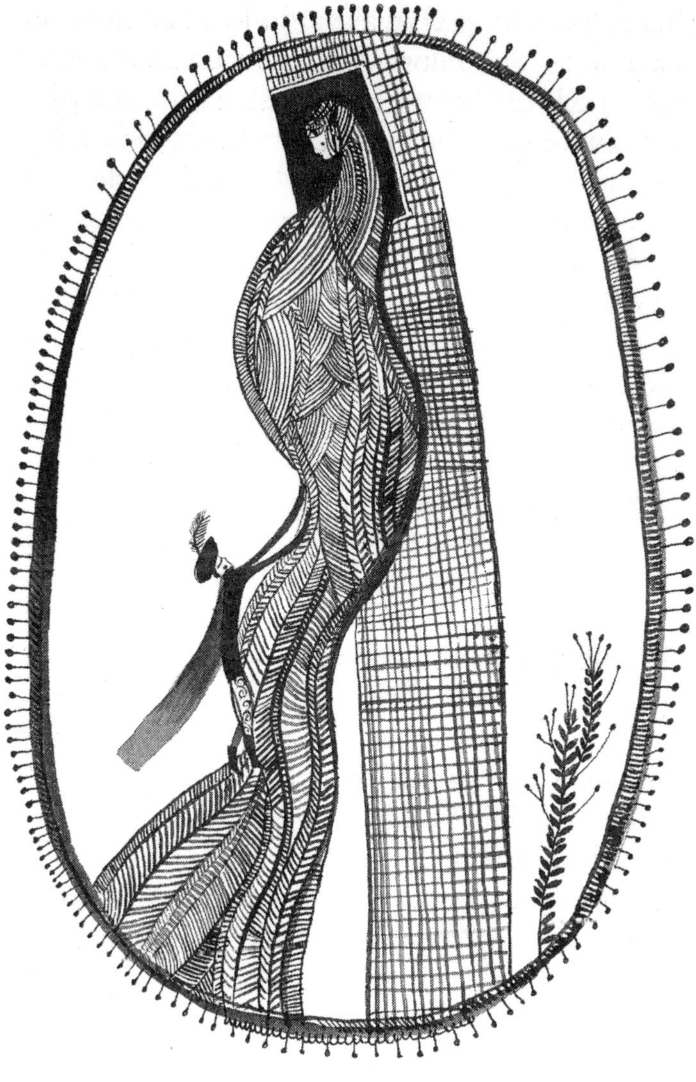

conta que son cœur avait été à ce point ému par son chant qu'il ne l'avait plus laissé en repos et qu'il avait eu besoin de la voir en personne. Comme Raiponce revenait de sa frayeur, quand il lui demanda si elle voulait le prendre pour mari et vit qu'il était jeune et beau, elle pensa : « Celui-là m'aimera mieux que la vieille madame Gothel », et dit oui et mit sa main dans la sienne. Elle dit :

– Je veux bien aller avec toi, mais je ne sais comment je peux descendre. Si tu viens, apporte chaque fois un écheveau[1] de soie, j'en tresserai une échelle et quand elle sera finie je descendrai et tu me prendras sur ton cheval.

Ils convinrent que désormais il viendrait tous les soirs la voir car de jour la vieille venait.

La magicienne ne s'aperçut de rien jusqu'au jour où Raiponce se mit à lui dire :

– Dis-moi donc, Dame Gothel, d'où vient-il seulement que j'ai bien plus de peine à vous hisser que le jeune fils de roi qui se trouve à l'instant auprès de moi ?

– Ah ! enfant abominable, s'écria la magicienne, que dois-je entendre de ta bouche ! Je pensais t'avoir séparée du monde entier et pourtant tu m'as trompée !

1. Écheveau : pelote de fil.

Dans sa colère, elle happa les beaux cheveux de Raiponce, les roula plusieurs fois autour de sa main gauche, saisit de la main droite des ciseaux et ritch, ratch ! elle les avait coupés, et les belles tresses gisaient par terre. Et elle fut sans pitié au point de mettre la pauvre Raiponce en un lieu désert où elle dut vivre dans la plainte et le désespoir.

Mais le même jour où elle avait exilé Raiponce, le soir, la magicienne noua les tresses coupées aux crochets de la fenêtre et quand le fils de roi vint et s'écria :

Raiponce, Raiponce,
Laisse descendre tes cheveux,

elle laissa pendre les cheveux jusqu'à terre. Le fils de roi grimpa, mais là-haut ne trouva pas sa chère Raiponce, mais la magicienne qui le regardait d'un air méchant et venimeux.

– Aha ! s'écria-t-elle railleuse, tu veux emmener ta Dame Chérie, mais le bel oiseau n'est plus au nid et ne chante plus, le chat l'a emporté et lui arrachera les yeux en plus.

Le fils du roi fut hors de lui de douleur et dans son désespoir il sauta à bas de la tour ; il s'en tira vivant, mais les épines où il tomba lui crevèrent les yeux. Alors, aveugle, il erra dans la forêt, ne mangeant rien que des baies et des racines et ne faisant rien que gémir et pleurer sur la perte de sa très chère femme. Ainsi quelques années il s'en fut errant et se trouva enfin dans le lieu désert où Raiponce vivait dans le besoin avec les deux jumeaux qu'elle avait eus, un garçon et une fille. Il entendit une voix et elle lui sembla connue ; il alla dans cette direction et, comme il arrivait, Raiponce le reconnut et se jeta à son cou en pleurant. Mais toutes ses larmes mouillèrent ses yeux, il vit à nouveau clair, et il voyait comme auparavant. Il la conduisit dans son royaume où il fut accueilli avec joie et ils vécurent encore longtemps, heureux et satisfaits.

Du pêcheur et de sa femme

Il était une fois un pêcheur et sa femme qui habitaient ensemble un pot de chambre, non loin de la mer, et le pêcheur allait tous les jours et pêchait à la ligne : et il pêchait et il pêchait.

Voilà que la ligne part au fond, très profond, et quand il la remonte, il tire de l'eau un grand turbot[1]. Alors le turbot lui dit :

– Écoute voir, pêcheur, je te prie, laisse-moi vivre, je ne suis pas un vrai turbot, je suis un prince ensorcelé. À quoi te sert de me tuer ? Je n'aurai pas bon goût ; remets-moi à l'eau et laisse-moi nager.

– Eh bien, dit l'homme, tu n'as pas besoin de tant de paroles ; un turbot qui parle, je le laisserai volontiers nager.

À ces mots, il le remit dans l'eau claire. Alors le turbot alla au fond en laissant derrière lui une

1. Turbot : poisson de mer comestible.

longue traînée de sang. Alors le pêcheur se leva et rejoignit sa femme dans le pot de chambre.

– Homme, dit la femme, tu n'as rien pris ?

– Non, dit l'homme, j'ai trouvé un turbot qui dit avoir été un prince ensorcelé, alors je l'ai laissé partir.

– Tu ne lui as pas dit un souhait ? dit la femme.

– Non, dit l'homme, que puis-je souhaiter ?

– Ah ! dit la femme, pourtant c'est triste d'habiter toujours un pot de chambre, ça pue et c'est écœurant ; tu aurais pu tout de même souhaiter pour nous une petite maison. Retourne et appelle-le ; dis-lui que nous voulons avoir une petite maison, il le fera sûrement.

– Ah ! dit l'homme, à quoi bon y retourner ?

– Hé, dit la femme, tu l'as bel et bien pris et l'as remis à l'eau ; il le fera sûrement. Vas-y tout de suite.

L'homme n'était pas encore bien décidé, mais il ne voulait pas se quereller avec sa femme et il alla jusqu'à la mer.

Quand il y arriva, la mer était toute verte et jaune et plus du tout si transparente. Il s'arrêta et dit :

Bonhomme, Bonhomme, Timpetu !
Turbot, turbot, l'as-tu vu ?
Ilsebill, c'est malheureux,
Ne veut pas ce que je veux.

Alors le turbot s'approcha nageant et dit :

– Eh bien, que veux-tu donc ?

– Ah ! dit l'homme, je t'ai pris, et maintenant ma femme dit que j'aurais pu faire un vœu. Elle ne veut plus habiter le pot de chambre, elle voudrait une petite maison.

– Va, dit le turbot, elle aura tout.

Alors l'homme s'éloigna, et sa femme n'était plus dans un pot de chambre, il y avait là une petite maison et sa femme était assise sur un banc devant la porte. Alors sa femme le prit par la main et lui dit :

– Entre, maintenant c'est beaucoup mieux.

Alors ils entrèrent, et dans la maison il y avait une petite entrée et une superbe petite chambre à feu[1] et une chambre à coucher où était maintenant leur lit, et une cuisine et une resserre pour les aliments, le tout au mieux avec les ustensiles et dans le meilleur état, fer-blanc et laiton tout ce qu'il faut. Et sur le derrière était une petite cour avec poules et canards et un petit jardin avec des herbes et des fruits.

– Vois, dit la femme, n'est-ce pas joli ?

– Oui, dit l'homme, si ça reste tel quel, nous y vivrons bien contents.

Là-dessus, ils prirent leur repas et allèrent au lit.

Ainsi allèrent les choses huit ou quinze jours quand la femme dit :

1. Chambre à feu : pièce où se trouve une cheminée.

– Écoute, l'homme, la maison est trop étroite, et la cour et le courtil sont si petits. Le turbot aurait sûrement pu nous faire cadeau d'une maison plus grande. J'aimerais habiter un grand château ; va voir le turbot, qu'il nous donne un château.

– Ah, femme, dit l'homme, la maisonnette est ma foi suffisamment bonne, à quoi bon habiter un château !

– Hé quoi, dit la femme, vas-y, le turbot peut toujours faire ça.

– Non, femme, dit l'homme, le turbot nous a donné d'abord la petite maison, je ne vais pas y retourner, le turbot pourrait refuser.

– Vas-y quand même, dit la femme, il le peut très bien et te le donnera de bon cœur ; vas-y.

L'homme avait le cœur si lourd qu'il ne voulait pas ; il se dit à part lui : « Ce n'est pas bien », mais pourtant il y alla.

Quand il arriva au bord de la mer, l'eau était toute violette et bleu sombre et grise et opaque, et plus du tout verte et jaune, pourtant elle était encore calme. Alors, il s'arrêta et dit :

Bonhomme, Bonhomme, Timpetu !
Turbot, turbot, l'as-tu vu ?
Ilsebill, c'est malheureux,
Ne veut pas ce que je veux.

– Eh bien, que veut-elle donc ? dit le turbot.

– Ah, dit l'homme bien embarrassé, elle veut un grand château de pierre.

– Va, elle est devant la porte, dit le turbot.

Alors l'homme s'en alla et pensait rentrer à la maison, mais quand il arriva, un grand palais de pierre se dressait devant lui ; sa femme se tenait sur l'escalier et se préparait à y entrer ; alors il la prit par la main et dit :

– Entrons.

Il entra avec elle et dans le château il y avait un grand hall carrelé de marbre et des valets en grand nombre qui ouvraient les portes, et les murs étaient tout luisants et avec de belles tapisseries, et dans les chambres rien que des chaises et des tables dorées, et des lustres de cristal pendaient aux plafonds, et c'était la même chose dans les chambres à feu et les cabinets, il y avait des tapis partout ; et les tables étaient couvertes de victuailles et de vins délicieux au point de crouler. Et derrière la maison était encore une grande cour avec écurie et étable et voitures du meilleur genre, et aussi un magnifique jardin avec les plus belles fleurs et de fins arbres fruitiers, et un bosquet d'agrément d'une demi-lieue de long, où il y avait des cerfs et des chevreuils et des lièvres et tout ce qu'on peut souhaiter.

– Eh bien, dit la femme, n'est-ce pas beau ?

– Ah oui, dit l'homme, pourvu que ça dure et

que nous habitions le beau château et soyons satisfaits.

– Nous allons y réfléchir, dit la femme, la nuit porte conseil.

Sur ce, ils allèrent au lit.

Le lendemain matin, la femme se réveilla la première ; il faisait tout juste jour et, de son lit, elle vit la belle contrée qui s'étendait devant elle. L'homme se dressa aussi, alors elle s'appuya de côté sur un coude et dit :

– L'homme ! lève-toi et regarde par la fenêtre. Vois : ne pourrait-on pas être les rois de tout ce pays ?

– Ah, femme, dit l'homme, pourquoi vouloir être rois ! Je n'ai pas envie d'être roi !

– Eh bien, dit la femme, si tu ne veux pas être roi, moi je veux être roi. Va trouver le turbot, dis-lui que je veux être roi.

– Ah, femme, dit l'homme, pourquoi veux-tu devenir roi ? Je ne peux pas lui dire une chose pareille.

– Pourquoi pas ? dit la femme. Vas-y à l'instant, j'ai envie d'être roi !

– Ah, femme, dit l'homme, pourquoi veux-tu devenir roi ? Je ne voudrais pas le lui dire.

– Pourquoi pas ? dit la femme. Vas-y tout droit, il faut que je sois roi.

Alors l'homme y alla et il était très troublé que

sa femme voulût devenir roi. « Ce n'est pas bien et ce n'est pas bien », pensait l'homme. Il ne voulut pas y aller mais il y alla quand même.

Et quand il fut au bord de la mer, elle était toute d'un gris noirâtre et l'eau fermentait du fond et sentait fort le pourri. Alors il s'arrêta et dit :

Bonhomme, Bonhomme, Timpetu !
Turbot, turbot, l'as-tu vu ?
Ilsebill, c'est malheureux,
Ne veut pas ce que je veux.

– Allons, que veut-elle ? dit le turbot.

– Ah ! dit l'homme, elle veut devenir roi.

– Va, ce sera fait, dit le turbot.

Alors il s'en alla et quand il arriva au palais, le château était devenu beaucoup plus grand avec une grande porte et de magnifiques ornements ; et la sentinelle était devant l'entrée et il y avait là beaucoup de soldats avec timbales et trompettes. Et quand il entra dans la maison, tout y était de marbre pur et d'or et les plafonds de velours et des grandes houppes dorées. Alors les portes de la salle s'ouvrirent là où était tout le train de la cour[1] et sa femme était assise sur un haut trône d'or et de diamant et avait une grande couronne sur la tête

1. Tout le train de la cour : l'ensemble des hauts personnages qui composent la cour du roi.

et le sceptre à la main, qui était d'or massif et de pierreries, et sur les deux côtés près d'elle se tenaient ses filles d'honneur sur un rang, chacune d'un rien plus grande que l'autre. Alors il s'arrêta et dit :

– Ah ! femme ! te voilà roi !

– Oui, dit la femme, maintenant je suis roi.

Il était là qui la regardait et quand il l'eut ainsi regardée un bout de temps, il dit :

– Ah ! femme, c'est si bien que tu sois roi ! Maintenant nous ne souhaiterons plus rien.

– Non, l'homme, dit la femme, et elle était très agitée, je trouve le temps long, je ne peux plus y tenir. Va voir le turbot, je suis roi, maintenant il faut que je devienne aussi empereur.

– Ah ! femme, dit l'homme, pourquoi veux-tu devenir empereur ?

– L'homme, dit-elle, va voir le turbot, je veux être empereur.

– Ah ! femme ! dit l'homme, il ne peut pas faire d'empereur, je ne veux pas dire ça au turbot ; il n'y a qu'un empereur dans l'empire : le turbot ne peut pas faire un empereur, il ne le peut, il ne le peut.

– Quoi ? dit la femme, je suis roi, et tu es mon mari, veux-tu bien y aller tout de suite ! Vas-y tout de suite : s'il peut faire un roi, il peut faire un empereur, je veux et je veux être empereur ; vas-y sur l'heure !

Il a fallu qu'il y aille. Mais comme l'homme s'en allait, il avait très peur, et tout en s'en allant, il se disait : « Ça ne va pas du tout du tout ; empereur, c'est trop d'impudence [1], le turbot va se fatiguer à la fin. »

Sur ces entrefaites, il arrive au bord de la mer, elle était toute noire et épaisse et commençait à fermenter au fond tant qu'il en montait des bulles et il venait un vent tel qu'il se retourna ; et l'homme eut un frisson. Alors il s'arrêta et dit :

Bonhomme, Bonhomme, Timpetu !
Turbot, turbot, l'as-tu vu ?
Ilsebill, c'est malheureux,
Ne veut pas ce que je veux.

– Bon, que veut-elle ? dit le turbot.

– Ah, turbot, dit-il, ma femme veut devenir empereur.

– Va, dit le turbot, elle l'est tout à fait.

Alors l'homme s'en alla, et quand il arriva, tout le château était de marbre poli avec des figures d'albâtre [2] et des ornements d'or. Devant la porte défilaient des soldats, et ils jouaient de la trompette et battaient timbales et tambours ; mais dans la maison allaient et venaient des barons et des comtes et des ducs ainsi que des valets ; ils lui

1. Impudence : impertinence, audace insolente.
2. Albâtre : pierre blanche.

ouvrirent les portes qui étaient tout entières d'or. Et quand il entra, sa femme était assise sur un trône qui était en or tout d'une pièce et qui avait bien deux toises de haut et elle avait sur la tête une grande couronne d'or, elle était haute de trois aunes et garnie de brillants et d'escarboucles ; dans une main, elle avait le sceptre et dans l'autre le globe d'Empire et à ses côtés se tenaient des gardes du corps sur deux rangs, par rang de taille, du plus grand géant qui mesurait deux toises jusqu'au plus petit nain qui était grand comme mon petit doigt. Et devant elle se tenaient nombre de princes et de ducs. L'homme se faufila et dit :

– Femme, te voilà maintenant empereur ?

– Oui, dit-elle, je suis empereur.

Alors il se recula pour mieux voir et, au bout d'un instant, il dit ainsi :

– Ah ! femme ! Ce que c'est beau que tu sois empereur !

– L'homme, dit-elle, qu'est-ce que tu fais là ? Maintenant que je suis empereur, je veux devenir aussi pape, va voir le turbot.

– Ah ! femme ! dit l'homme, qu'est-ce que tu ne veux pas ! Tu ne peux devenir pape, le pape est un homme unique dans la chrétienté, ça, il ne pourra pas le faire.

– L'homme, dit-elle, je veux devenir pape, vas-y à l'instant, il faut encore que je devienne pape aujourd'hui.

– Non, femme, dit l'homme, je ne peux lui dire cela, ça ne marchera pas bien, le turbot ne peut te faire pape.

– L'homme ! Quelle blague ! dit la femme, s'il peut faire un empereur, il peut faire un pape. Vas-y, je suis empereur, et tu es mon mari, vas-tu y aller ?

Alors, tout penaud, il s'en alla, mais il était tout flapi [1] et tremblant et titubait, et ses genoux et ses mollets grelottaient sous lui. Et il se mit à souffler un vent sur le pays, et les nuages volaient, et il fit sombre sur le soir ; les feuilles tombaient des arbres et l'eau bouillonnait et se brisait contre le rivage et de loin il vit des bateaux en détresse qui dansaient sur les vagues. Pourtant, le ciel était encore bleu en son centre et sur les côtés il était rouge comme si arrivait un gros orage. Alors il s'avança timidement et, dans son angoisse il dit :

Bonhomme, Bonhomme, Timpetu !
Turbot, turbot, l'as-tu vu ?
Ilsebill, c'est malheureux,
Ne veut pas ce que je veux.

– Bon, que veut-elle donc ? dit le turbot.

– Ah ! dit l'homme, elle veut devenir pape.

1. Flapi : épuisé.

– Va, c'est fait, dit le turbot.

Il s'en alla et quand il arriva là-bas, c'était comme une grande église avec plein de palais autour. Il se faufila parmi le peuple ; à l'intérieur, tout était éclairé de mille cierges et sa femme était tout habillée d'or et assise sur un trône encore plus haut, et elle avait trois couronnes sur la tête et autour d'elle une nuée de dignitaires[1] d'Église et des deux côtés, deux rangs de cierges, le plus grand comme une tour géante jusqu'au plus petit comme un lumignon de cuisine, et tous les empereurs et les rois étaient à genoux devant elle et baisaient le sol.

– Femme, dit l'homme en la regardant bien en face, te voilà pape ?

– Oui, dit-elle, je suis pape.

Alors il se recula pour la regarder, et c'était comme s'il avait vu le soleil. Quand il l'eut ainsi regardée un instant, il dit :

– Ah ! femme ! Que c'est beau que tu sois pape !

Mais elle était assise raide comme un arbre et ne bougeait pied ni patte. Alors il dit :

– Femme, maintenant sois satisfaite, te voilà pape, tu ne peux devenir davantage.

– Je vais y réfléchir, dit la femme.

Là-dessus tous deux allèrent au lit, mais elle

1. Dignitaires : personnages importants.

n'était pas satisfaite, l'avidité ne la laissait pas dormir, elle pensait toujours à ce qu'elle voulait devenir.

L'homme dormit bien et profondément, il avait beaucoup couru dans la journée, mais la femme ne put s'endormir et se tournait d'un côté à l'autre pendant toute la nuit et pourtant elle ne pouvait plus réfléchir. Là-dessus le soleil se leva et, quand elle vit l'aurore, elle se leva du lit et regarda, et par la fenêtre elle vit le soleil. « Ha ! pensa-t-elle, est-ce que je peux faire lever le soleil et la lune ? »

– L'homme, dit-elle en lui donnant du coude dans les côtes, réveille-toi, va voir le turbot, je veux devenir le bon Dieu.

L'homme était encore ensommeillé, mais il eut si peur qu'il tomba du lit. Il pensa avoir mal entendu, se frotta les yeux et dit :

– Ah ! femme, que dis-tu ?

– L'homme, dit-elle, si je ne peux faire lever le soleil et la lune, je ne peux y tenir et je n'aurai plus une heure de repos tant que je ne pourrai les faire lever.

Elle lui adressa un regard si effrayant qu'il en eut le frisson.

– Vas-y tout de suite, je veux devenir le bon Dieu.

– Ah ! femme, dit l'homme, et il tomba à genoux,

cela le turbot ne le peut faire. Je t'en prie, dors et reste pape.

Alors elle fut prise d'une fureur, ses cheveux se hérissèrent autour de sa tête, elle leva la jambe et lui donna un coup de pied et cria :

– Je n'y tiens plus et n'y tiendrai plus, veux-tu y aller ?

Alors elle se lacéra le sein et était comme folle.

Mais la tempête se leva grondante, on ne pouvait plus se tenir debout, les maisons et les arbres vacillaient et les montagnes tremblaient, et les rochers tombaient dans la mer, et le ciel était d'un noir de poix, et il y avait du tonnerre et des éclairs, et la mer roulait des flots noirs hauts comme des clochers ou des collines et était couronnée d'écume blanche. Alors il cria sans même entendre ses paroles :

Bonhomme, Bonhomme, Timpetu !
Turbot, turbot, l'as-tu vu ?
Ilsebill, c'est malheureux,
Ne veut pas ce que je veux.

– Bon, que veut-elle ? dit le turbot.

– Ah ! dit-il, elle veut devenir comme le bon Dieu.

– Va, elle se retrouve dans le pot de chambre.

Là-bas ils sont encore au jour d'aujourd'hui.

Jeannot et Margot
(Hansel et Gretel)

À l'orée d'un grand bois habitait un pauvre bûcheron avec sa femme et ses deux enfants, le petit garçon se nommait Jeannot, la petite fille Margot. Il avait peu de choses à se mettre sous la dent, et une fois qu'une grande disette s'était abattue sur le pays, il ne put pas même se procurer le pain quotidien. Un soir qu'il se tracassait et que les soucis le faisaient se retourner dans son lit, il soupira et dit à sa femme :

– Qu'allons-nous devenir ? Comment pourrons-nous nourrir nos pauvres enfants, alors que nous n'avons plus rien pour nous-mêmes ?

– J'ai une idée, homme, répondit la femme, demain, de bon matin nous conduirons les enfants dans le bois, au plus épais des fourrés. Là nous leur ferons du feu, nous donnerons encore un petit bout de pain à chacun, puis nous irons à l'ouvrage et nous les laisserons seuls. Ils ne retrouveront pas le chemin de la maison et nous en serons débarrassés.

– Non, femme, dit le mari, je ne ferai pas cela, comment aurais-je le cœur d'abandonner mes enfants dans la forêt, les bêtes sauvages viendraient bientôt les déchirer.

– Sot que tu es, dit-elle, alors nous mourrons de faim tous les quatre, tu n'as plus qu'à raboter les planches de nos cercueils, et elle ne lui laissa ni trêve ni repos qu'il n'ait consenti.

– Tout de même, ces pauvres enfants me font pitié, dit l'homme.

Les deux enfants avaient tellement faim qu'ils n'avaient pas pu s'endormir non plus et ils avaient entendu ce que la marâtre[1] avait dit à leur père. Margot versa des larmes amères et dit à Jeannot :

– Maintenant, c'en est fait de nous.

– Chut, Margot, dit Jeannot, ne te tourmente pas, je nous tirerai bien d'affaire.

Et quand les vieux furent endormis, il se leva, mit sa petite veste, ouvrit le bas de la porte et se glissa dehors. Il faisait un beau clair de lune, et les cailloux blancs qui étaient répandus devant la maison brillaient comme de vrais sous neufs. Jeannot se baissa et en fourra dans ses poches autant qu'il voulut en entrer. Puis il rentra et dit à Margot :

– Aie confiance, chère petite sœur, et endors-

1. Marâtre : ici, mère cruelle qui traite durement ses enfants.

toi tranquillement. Dieu ne nous abandonnera pas.

Et il se recoucha.

À l'aube, avant même que le soleil fût levé, la femme entrait déjà et réveillait les deux enfant :

– Debout, paresseux, nous allons dans la forêt chercher du bois.

Puis elle donna à chacun un petit morceau de pain et dit :

– Voilà quelque chose pour votre midi, mais ne le mangez pas avant, vous n'aurez rien de plus.

Margot mit le pain sous son tablier, parce que Jeannot avait les cailloux dans sa poche. Ensuite ils prirent tous le chemin du bois. Quand ils eurent marché un petit bout de temps. Jeannot s'arrêta, se retourna pour voir du côté de la maison et tout le temps recommença ce manège. Le père dit :

– Jeannot, qu'as-tu à lorgner et à rester en arrière ? fais attention et n'oublie pas tes jambes.

– Ah, père, dit Jeannot, je regarde mon chaton blanc, il est perché sur le toit et veut me dire adieu.

La femme dit :

– Petit sot, ce n'est pas ton chaton, c'est le soleil du matin qui brille sur la cheminée.

Cependant Jeannot n'avait pas regardé son petit chat, mais chaque fois il avait jeté sur le chemin un des petits cailloux blancs de sa poche.

Quand ils furent arrivés en pleine forêt, le père dit :

– Maintenant, ramassez du bois, mes enfants, je vais faire du feu pour que vous n'ayez pas froid.

Jeannot et Margot ramassèrent du petit bois et en firent un tas haut comme une petite montagne. Le fagot fut allumé et quand la flamme brûla bien haut, la femme dit :

– Maintenant couchez-vous auprès du feu, mes enfants, et reposez-vous, nous allons dans la forêt abattre du bois. Quand nous aurons fini, nous reviendrons vous chercher.

Jeannot et Margot restèrent assis auprès du feu et quand vint midi, ils mangèrent chacun leur petit bout de pain. Et comme ils entendaient les coups de la cognée[1], ils croyaient que leur père était dans le voisinage. Mais ce n'était pas la cognée, c'était une branche que leur père avait attachée à un arbre mort et que le vent battait deci de-là. Et quand ils furent restés ainsi longtemps, leurs yeux se fermèrent de fatigue et ils s'endormirent profondément. Lorsqu'ils se réveillèrent enfin, il faisait déjà nuit noire. Margot se mit à pleurer et dit :

– Comment allons-nous sortir du bois à présent ?

Mais Jeannot la consola :

1. Cognée : hache.

– Attends un petit moment que la lune soit levée, alors nous trouverons bien notre chemin.

Et quand la pleine lune fut levée, Jeannot prit sa petite sœur par la main et suivit les cailloux qui luisaient comme des sous nouvellement frappés et leur montraient le chemin. Ils marchèrent toute la nuit et arrivèrent à la maison de leur père au lever du jour. Ils frappèrent à la porte et quand la femme ouvrit et vit que c'était Jeannot et Margot, elle dit :

– Méchants enfants, pourquoi avez-vous dormi si longtemps dans la forêt, nous avons cru que vous ne vouliez plus rentrer du tout.

Mais le père se réjouit, car il avait du chagrin de les avoir laissés ainsi tout seuls.

Peu de temps après, la misère fut de nouveau partout dans la maison, et une nuit, les enfants entendirent leur mère dire à leur père dans le lit :

– Tout a été de nouveau mangé, nous avons encore la moitié d'une miche de pain, et après, finie la chanson. Il faut que les enfants s'en aillent, nous les conduirons plus loin dans la forêt afin qu'ils ne trouvent pas le chemin pour en sortir, autrement pas de salut pour nous.

L'homme eut le cœur serré et il pensa : « Il vaudrait mieux partager ta dernière bouchée avec tes enfants. » Mais la femme ne voulut rien savoir de ce qu'il disait, elle l'injuria et lui fit des reproches. Il n'y a que le premier pas qui coûte, et comme il avait cédé la première fois, il dut céder aussi la deuxième.

Mais les enfants étaient encore éveillés et ils avaient entendu la conversation. Quand les vieux furent endormis, Jeannot se releva et voulut sortir pour ramasser des cailloux comme l'autre fois, mais la femme avait fermé la porte à clé et il ne put sortir. Pourtant il consola sa petite sœur et dit :

– Ne pleure pas, Margot, et dors tranquille, le bon Dieu nous viendra bien en aide.

Au petit matin, la femme vint chercher les enfants dans leur lit. On leur donna leur bout de pain, mais il était encore plus petit que la première fois. Sur la route de la forêt, Jeannot l'émietta dans sa poche, il s'arrêtait souvent et en jetait une miette par terre.

– Jeannot, qu'as-tu à t'arrêter et à lorgner autour de toi ? dit le père, allons, marche.

– Je regarde mon pigeonneau, il est perché sur le toit et veut me dire adieu.

– Petit sot, dit la femme, ce n'est pas ton pigeonneau, c'est le soleil du matin qui luit sur le haut de la cheminée.

Mais petit à petit, Jeannot jeta toutes les miettes sur le chemin.

La femme conduisit les enfants encore plus loin dans la forêt, là où ils n'avaient jamais été de leur vie. On fit de nouveau un grand feu et la mère leur dit :

– Restez là, enfants, et quand vous serez fatigués, vous pourrez dormir un peu. Nous allons dans la forêt abattre du bois et ce soir, quand nous aurons fini, nous viendrons vous chercher.

Quand il fut midi, Margot partagea son pain avec Jeannot qui avait semé son morceau le long du chemin. Ensuite ils s'endormirent et la soirée se passa sans que personne vînt vers les pauvres enfants. Ils ne se réveillèrent qu'à la nuit noire, et Jeannot consola sa petite sœur en lui disant :

– Attends donc, Margot, que la lune soit levée, alors nous verrons les miettes que j'ai semées, elles nous montreront le chemin de la maison.

Quand la lune se leva, ils se mirent en route, mais ils ne trouvèrent plus une seule miette, car les milliers d'oiseaux qui volent par les bois et les champs les avaient picorées. Jeannot dit à Margot :

– Nous retrouverons bien notre chemin.

Mais ils ne le retrouvèrent pas. Ils marchèrent toute la nuit et tout un jour du matin au soir mais ils ne purent sortir du bois et ils avaient grand-faim, car ils n'avaient rien d'autre que les quelques baies qui poussaient par terre. Et comme ils étaient

si las que leurs jambes ne voulaient plus les porter, ils se couchèrent sous un arbre et s'endormirent. Et déjà le matin se leva pour la troisième fois depuis leur départ de la maison paternelle. Ils se remirent en route, mais ils s'enfoncèrent de plus en plus dans les bois, et s'il ne leur venait pas bientôt du secours, il leur faudrait périr d'inanition. Quand il fut midi, ils aperçurent, perché sur une branche, un joli petit oiseau blanc comme neige qui chantait si bien qu'ils s'arrêtèrent pour l'écouter. Et quand il eut fini, il prit son essor et partit devant eux à tire-d'aile, et ils le suivirent jusqu'à une maisonnette sur le toit de laquelle il se posa ; et en s'approchant, ils virent que la maisonnette était de pain et couverte d'un toit de gâteau ; quant aux fenêtres elles étaient en sucre candi[1].

– Mettons-nous-y, dit Jeannot, et faisons un bon repas. Je vais manger un morceau du toit, tu pourras manger de la fenêtre. Margot, c'est sucré.

Jeannot se haussa sur la pointe des pieds et cassa un morceau de toiture pour voir quel goût elle avait, et Margot se mit à grignoter les vitres. Alors une voix douce sortit de la pièce :

Grigno, grigno, grignotons.
Qui grignote ma maison ?

Les enfants répondirent :

1. Sucre candi : sucre purifié et cristallisé.

C'est le vent, c'est le vent.
Le céleste enfant

et ils continuèrent à manger sans se laisser décontenancer. Jeannot, qui trouvait le toit fort à son goût, en arracha un grand morceau et Margot détacha toute une vitre ronde, s'assit par terre et s'en donna à cœur joie. Tout à coup la porte s'ouvrit et une femme vieille comme le monde se glissa dehors en s'appuyant sur une béquille. Jeannot et Margot eurent une telle frayeur qu'ils laissèrent tomber ce qu'ils avaient à la main. Mais la vieille secoua la tête et dit :

– Chers enfants, qui vous a conduits ici ? Entrez donc et restez chez moi, il ne vous arrivera pas de mal.

Elle les prit tous les deux par la main et les emmena dans sa maison. Là, on leur servit un bon repas, du lait et de l'omelette au sucre, des pommes et des noix. Puis on leur prépara deux jolis petits lits blancs, et Jeannot et Margot s'y couchèrent et se crurent au Paradis.

Mais la gentillesse de la vieille était feinte, car c'était une méchante sorcière qui guettait les petits enfants et n'avait bâti sa maisonnette de pain que pour les attirer. Quand il en tombait un en son pouvoir, elle le tuait, le faisait cuire, le mangeait et pour elle, c'était jour de fête. Les sorcières ont les yeux rouges et ne voient pas de loin, mais elles ont du flair comme les animaux et sentent les hommes venir. Quand Jeannot et Margot arrivèrent dans son voisinage, elle eut un rire mauvais et dit sardoniquement[1] :

– Je les tiens, ils ne m'échapperont plus.

De bon matin, avant que les enfants ne fussent réveillés, elle se leva, et en les voyant reposer tous les deux si gentiment, avec leurs joues rondes et rouges, elle murmura à part soi :

– Cela fera un morceau de choix.

Alors elle saisit Jeannot de sa main décharnée, le porta dans une petite étable, et l'enferma derrière une porte grillagée. Il eut beau crier tant qu'il pouvait, cela ne lui servit de rien. Puis elle alla auprès de Margot, la secoua pour la réveiller et cria :

– Debout, paresseuse, va chercher de l'eau et fais cuire quelque chose de bon pour ton frère, il est enfermé dans l'étable et il faut qu'il engraisse. Quand il sera gras, je le mangerai.

Margot se mit à pleurer amèrement, mais en vain, force lui fut de faire ce que la méchante sorcière demandait.

Alors, on prépara pour le pauvre Jeannot les meilleurs plats, mais Margot n'eut que les carapaces des écrevisses. Tous les matins, la vieille se traînait à la petite étable et criait :

1. Sardoniquement : en se moquant méchamment.

– Jeannot, sors tes doigts, que je sente si tu seras bientôt assez gras.

Mais Jeannot lui tendait un petit os, et la vieille, qui avait la vue trouble et ne pouvait pas le voir, croyait que c'étaient les doigts de Jeannot et s'étonnait qu'il ne voulût pas engraisser. Comme il y avait quatre semaines de passées et que Jeannot restait toujours maigre, elle fut prise d'impatience et ne voulut pas attendre davantage.

– Holà. Margot, cria-t-elle à la petite fille, dépêche-toi et apporte de l'eau. Que Jeannot soit gras ou maigre, demain je le tuerai et je le ferai cuire.

Ah, comme la pauvre petite sœur se désola quand il lui fallut porter de l'eau, et comme les larmes lui coulaient le long des joues !

– Ô mon Dieu, viens-nous en aide, s'écria-t-elle, si les bêtes sauvages nous avaient dévorés dans les bois, au moins nous serions morts ensemble.

– Fais-moi grâce de tes piailleries, dit la vieille, tout cela ne te servira de rien.

Dès le petit matin, Margot dut sortir, suspendre la marmite d'eau et allumer le feu.

– Nous allons d'abord faire le pain, dit la vieille, j'ai déjà chauffé le four et pétri la pâte.

Elle poussa la pauvre Margot vers le four d'où sortaient déjà les flammes.

– Glisse-toi dedans, dit la sorcière, et vois s'il est à bonne température pour enfourner le pain.

Et quand Margot serait dedans, elle fermerait la porte du poêle. Margot y rôtirait puis elle la mangerait aussi. Mais la petite devina ce qu'elle avait en tête, et dit :

– Je ne sais pas comment faire, comment vais-je entrer là-dedans ?

– Petite oie, dit la vieille, l'ouverture est assez grande, regarde, je pourrais y passer moi-même.

Elle se mit à quatre pattes pour s'approcher du four et y fourra la tête. Alors Margot la poussa si bien qu'elle entra tout entière dans le four, puis elle ferma la porte de fer et tira le verrou. Hou ! la vieille se mit à pousser des hurlements épouvantables ; mais Margot se sauva et la sorcière impie[1] brûla lamentablement.

Margot courut tout droit à Jeannot, ouvrit la porte de la petite étable et s'écria :

– Jeannot, nous sommes délivrés, la vieille sorcière est morte.

Alors Jeannot bondit dehors comme un oiseau s'envole quand on lui ouvre la porte de sa cage. Quelle joie ce fut, comme ils se sautaient au cou, gambadaient de tous côtés, s'embrassaient ! Et comme ils n'avaient plus rien à craindre, ils

1. Impie : qui ne respecte pas la religion.

entrèrent dans la maison de la sorcière, il y avait là dans tous les coins des coffrets pleins de perles et de pierres précieuses.

– C'est encore mieux que des cailloux, dit Jeannot et il en mit dans ses poches tant qu'il voulut en entrer, et Margot dit :

– Moi aussi, je veux rapporter quelque chose chez nous, et elle en mit plein son tablier.

– Mais à présent il faut partir, dit Jeannot, afin de sortir de la forêt ensorcelée.

Mais quand ils eurent marché pendant quelques heures, ils arrivèrent au bord d'une grande rivière.

– Nous ne pourrons pas la traverser, dit Jeannot, je ne vois ni passerelle ni pont.

– Il ne passe pas non plus de bateau, dit Margot, mais voilà un canard blanc qui nage, si je le lui demande, il nous aidera à passer.

Alors elle cria :

Caneton, caneton,
C'est Jeannot et Margoton,
Pas de pont ni de passerelle,
Prends-nous sur tes blanches ailes.

Le caneton s'approcha. Jeannot monta sur son dos et dit à sa sœur de monter à côté de lui.

– Non, répondit Margot, ce serait trop lourd pour le petit canard, il nous passera l'un après l'autre.

C'est ce que fit la bonne bête, et quand ils furent

sur l'autre rive et qu'ils eurent marché un petit bout de temps, la forêt leur sembla de plus en plus familière et enfin ils aperçurent de loin la maison paternelle. Alors ils se mirent à courir, se précipitèrent dans la pièce et se jetèrent au cou de leur père. L'homme n'avait pas eu une seule heure de joie depuis qu'il avait abandonné ses enfants dans les bois ; quant à la femme elle était morte. Margot secoua son tablier si bien que les perles et les pierres précieuses se mirent à sauter de tous côtés, tandis que Jeannot vidait ses poches et jetait à son tour par terre poignée sur poignée. Alors tous leurs soucis prirent fin et ils vécurent ensemble dans une joie sans mélange. Mon conte est fini, là-bas trotte une petite souris, qui l'attrapera aura le droit de s'en faire un grand, grand bonnet de fourrure.

Les sept corbeaux

Un homme avait sept fils, et toujours pas de fille, si fort qu'il le désirât ; enfin sa femme lui donna de nouveau des espérances, et quand l'enfant vint au monde, voici que c'était une fille. La joie fut grande, mais l'enfant était chétive et petite, et à cause de sa faiblesse il fallut l'ondoyer[1]. Le père envoya l'un des garçons chercher en hâte de l'eau lustrale[2] à la fontaine : les six autres le suivirent, et comme chacun voulait être le premier à puiser, ils laissèrent tomber la cruche dans le puits. Alors ils restèrent plantés là, ne sachant ce qu'ils devaient faire et aucun d'eux n'osait rentrer à la maison. Comme ils ne revenaient toujours pas, le père s'impatienta et dit :

– Certainement, ils auront oublié de rentrer pour jouer, ces garçons impies[3].

1. Ondoyer : baptiser.
2. Eau lustrale : eau purifiante.
3. Impie : qui ne respecte pas la religion.

Il se prit à craindre que la petite fille mourût sans baptême, et dans sa colère il s'écria :

– Je voudrais qu'ils soient tous changés en corbeaux.

Il avait à peine fini de dire ces mots qu'il entendit un battement d'ailes dans les airs, au-dessus de sa tête, il leva les yeux et vit sept corbeaux noirs comme du charbon qui volaient de-ci de-là.

Les parents ne purent pas annuler l'enchantement, mais si tristes qu'ils fussent d'avoir perdu leurs sept fils, ils se consolèrent néanmoins quelque peu avec leur chère petite fille, qui reprit bientôt des forces et embellit de jour en jour. Elle ignora longtemps qu'elle avait eu des frères, car les parents se gardaient bien d'en parler, jusqu'au jour où elle entendit des gens dire par hasard que la jeune fille était belle, assurément, mais qu'en réalité elle était responsable du malheur de ses sept frères. Elle en fut tout affligée [1], elle alla trouver son père et sa mère et leur demanda s'il était vrai qu'elle avait eu des frères et ce qu'il en était advenu. Les parents ne purent pas garder plus longtemps le secret, ils dirent néanmoins que c'était là un décret [2] du ciel et que sa naissance n'en avait été que l'occasion innocente. Mais la jeune fille éprouvait chaque jour du remords et croyait qu'elle

1. Affligée : attristée, désespérée.
2. Décret : décision.

devait délivrer ses frères. Elle n'eut ni trêve ni répit qu'elle ne se fût mise en route secrètement pour retrouver leur trace quelque part et les délivrer, quoi qu'il pût lui en coûter. Elle n'emporta rien qu'un petit anneau en souvenir de ses parents, une miche de pain pour la faim, une petite cruche d'eau pour la soif et une petite chaise pour la fatigue.

Et elle alla toujours droit devant elle, loin, loin, jusqu'au bout du monde. Alors elle arriva au soleil, mais il était trop chaud et terrible et il mangeait les petits enfants. Elle s'enfuit en hâte et courut jusqu'à la lune, mais elle était bien trop froide et elle aussi était cruelle et méchante, et quand elle aperçut l'enfant elle dit :

– Je sens la chair humaine.

Alors elle s'en fut vivement et arriva chez les étoiles, qui furent aimables et bonnes pour elle, et chacune était assise sur une petite chaise à part. Cependant l'étoile du matin se leva, lui donna un osselet[1] et lui dit :

– Sans cet osselet, tu ne pourras pas ouvrir la montagne de verre, et c'est dans la montagne de verre que se trouvent tes frères.

La petite fille prit l'osselet, l'enveloppa soigneusement dans un petit torchon et continua sa

1. Osselet : petit os.

route, tant et si bien qu'elle arriva à la montagne de glace. La porte était fermée à clé et elle voulut sortir l'osselet du torchon ; mais quand elle l'ouvrit, elle vit qu'il était vide et qu'elle avait perdu le cadeau des bonnes étoiles. Que faire maintenant ? Elle voulait sauver ses frères et n'avait plus la clé de la montagne de glace. La bonne petite sœur prit un couteau, se coupa un petit doigt, le mit dans la serrure et parvint à l'ouvrir. Quand elle fut entrée, un gnome[1] vint à sa rencontre et lui dit :

– Mon enfant, que cherches-tu ?

– Je cherche mes frères, les sept corbeaux, dit-elle.

Le gnome répondit :

– Messieurs les Corbeaux ne sont pas à la maison, mais si vous voulez attendre leur retour, entrez.

Là-dessus le gnome apporta le repas des corbeaux sur sept petites assiettes et dans sept petits gobelets, et la petite sœur mangea une miette dans chaque gobelet ; mais dans le dernier gobelet, elle laissa tomber le petit anneau qu'elle avait emporté.

Tout à coup on entendit dans les airs des battements d'ailes et des cris, le gnome dit alors :

1. Gnome : lutin.

– Ce sont Messieurs les Corbeaux qui rentrent à tire-d'aile.

Alors ils vinrent, voulurent boire et manger, et cherchèrent leurs petites assiettes et leurs petits gobelets. Puis ils s'écrièrent, l'un après l'autre :

– Qui a mangé dans ma petite assiette ? Qui a bu dans mon petit gobelet ? C'était une bouche humaine.

Et comme le septième vidait son gobelet, l'anneau en tomba. Alors il le regarda et voyant que c'était un anneau de son père et de sa mère, il dit :

– Dieu veuille que ce soit notre petite sœur, alors nous serions délivrés.

Quand la petite fille, qui écoutait derrière la porte, entendit ce souhait, elle se montra et alors tous les corbeaux reprirent leur forme humaine. Et ils s'embrassèrent et se firent mille caresses et rentrèrent joyeusement chez eux.

Blancheneige

Un jour, c'était au beau milieu de l'hiver et les flocons de neige tombaient du ciel comme du duvet, une reine était assise auprès d'une fenêtre encadrée d'ébène noir, et cousait. Et tandis qu'elle cousait ainsi et regardait neiger, elle se piqua le doigt avec son aiguille et trois gouttes de sang tombèrent dans la neige. Et le rouge était si joli à voir sur la neige blanche qu'elle se dit : « Oh, puissé-je avoir une enfant aussi blanche que la neige, aussi rouge que le sang et aussi noire que le bois de ce cadre ! » Peu après, elle eut une petite fille qui était aussi blanche que la neige, aussi rouge que le sang et aussi noire de cheveux que l'ébène, et que pour cette raison on appela Blancheneige. Et quand l'enfant fut née, la reine mourut.

Un an plus tard, le roi prit une autre épouse. C'était une belle femme, mais fière et hautaine, et elle ne pouvait pas souffrir que quelqu'un la surpassât en beauté. Elle avait un miroir magique, quand elle se mettait devant et s'y contemplait, elle disait :

Petit miroir, petit miroir chéri,
Quelle est la plus belle de tout le pays ?

et le miroir répondait :

Madame la Reine, vous êtes la plus belle de tout le pays.

Alors elle était tranquille, car elle savait que le miroir disait vrai.

Cependant Blancheneige grandissait et embellissait de plus en plus : quand elle eut sept ans, elle était aussi belle que la lumière du jour et plus belle que la reine elle-même. Et un jour que celle-ci demandait au miroir :

Petit miroir, petit miroir chéri,
Quelle est la plus belle de tout le pays ?

il répondit :

Madame la Reine, vous êtes la plus belle ici,
Mais Blancheneige est mille fois plus jolie.

Alors, la reine prit peur et devint jaune et verte de jalousie. Dès lors, quand elle apercevait Blancheneige, son cœur se retournait dans sa poitrine, tant elle haïssait l'enfant. Et sa jalousie et son orgueil ne cessaient de croître comme une mauvaise herbe, de sorte qu'elle n'avait de repos ni le jour ni la nuit. Alors elle fit venir un chasseur et lui dit :

– Emmène cette enfant dans la forêt, je ne

veux plus l'avoir sous les yeux. Tu la tueras et tu me rapporteras son foie et ses poumons comme preuve.

Le chasseur obéit et l'emmena, mais quand il eut tiré son poignard et voulut percer le cœur innocent de Blancheneige, elle se mit à pleurer et dit :

– Mon bon chasseur, laisse-moi la vie, je m'enfuirai dans le bois sauvage et je ne rentrerai plus jamais.

Et comme elle était si jolie, le chasseur eut pitié et dit :

– Cours donc, pauvre enfant.

« Les bêtes sauvages auront tôt fait de te dévorer », pensa-t-il, mais à l'idée de n'avoir pas à la tuer, il se sentait soulagé d'un grand poids. Et comme un jeune marcassin [1] venait vers lui en bondissant, il l'égorgea, prit ses poumons et son foie, et les rapporta à la reine comme preuve. Le cuisinier dut les faire cuire au sel, et la méchante femme les mangea et crut avoir mangé les poumons et le foie de Blancheneige.

Maintenant, la pauvre enfant était toute seule dans les grands bois et avait si grand-peur qu'elle regardait toutes les feuilles des arbres et ne savait à quel saint se vouer. Alors elle se mit à courir sur les cailloux et à travers les ronces, et les bêtes

1. Marcassin : jeune sanglier.

sauvages passaient devant elle en bondissant, mais elles ne lui faisaient pas de mal. Elle courut aussi longtemps que ses jambes purent la porter, jusqu'à la tombée du jour, alors elle vit une petite maison et y entra pour se reposer. Dans la cabane, tout était petit, mais si mignon et si propre qu'on ne saurait en donner une idée. Il y avait une petite table recouverte d'une nappe blanche avec sept petites assiettes, chacune avec sa petite cuiller, puis sept petits couteaux et fourchettes et sept petits gobelets. Sept petits lits étaient placés l'un à côté de l'autre contre le mur, et ils étaient couverts de draps blancs comme neige. Blanche-neige, qui avait grand-faim et grand-soif, mangea un peu de légumes et de pain dans chaque petite assiette et but une goutte de vin dans chaque petit gobelet, car elle ne voulait pas tout prendre au même. Ensuite, elle était tellement lasse qu'elle se coucha dans un petit lit, mais aucun ne lui allait, l'un était trop long, l'autre trop court, enfin le septième fut à sa taille : elle y resta, se recommanda à Dieu et s'endormit.

Quand il fit tout à fait nuit, les maîtres du logis rentrèrent ; c'étaient les sept nains qui travaillaient dans les montagnes, creusant et piochant pour en extraire le minerai. Ils allumèrent leurs sept petites chandelles et dès qu'il fit clair dans la maison, ils virent qu'il était venu quelqu'un, car tout n'était plus dans l'ordre où ils l'avaient laissé. Le premier dit :

– Qui s'est assis sur ma petite chaise ?

Le second :

– Qui a mangé dans ma petite assiette ?

Le troisième :

– Qui a pris de mon petit pain ?

Le quatrième :

– Qui a mangé de mes petits légumes ?

Le cinquième :

– Qui a piqué avec ma petite fourchette ?

Le sixième :

– Qui a coupé avec mon petit couteau ?

Le septième :

– Qui a bu dans mon petit gobelet ?

Puis le premier regarda autour de lui, vit un creux dans son lit et s'écria :

– Qui est entré dans mon petit lit ?

Les autres accoururent et s'écrièrent :

– Quelqu'un a couché dans le mien aussi !

Mais en regardant dans son lit, le septième aperçut Blancheneige qui y était couchée et dormait. Alors il appela les autres qui se précipitèrent et poussèrent des cris de surprise, ils allèrent chercher leurs sept petites chandelles, et éclairèrent Blancheneige.

– Ô mon Dieu, s'écrièrent-ils, mon Dieu, que cette enfant est donc belle !

Et leur joie fut si grande qu'ils ne la réveillèrent pas, mais la laissèrent dormir dans son petit lit. Quant au septième nain, il coucha avec ses compagnons, une heure avec chacun, et la nuit se trouva passée.

Le matin venu, Blancheneige se réveilla et en voyant les sept nains, elle fut prise de peur. Mais ils se montrèrent gentils et lui demandèrent :

– Comment t'appelles-tu ?

– Je m'appelle Blancheneige, répondit-elle.

– Comment es-tu venue chez nous ?

Alors elle leur raconta que sa marâtre[1] avait voulu la faire tuer, mais que le chasseur lui avait laissé la vie, et qu'elle avait couru tout le jour, jusqu'au moment où elle avait enfin trouvé leur maisonnette. Les nains lui dirent :

– Si tu veux t'occuper de notre ménage, faire la cuisine, les lits, la lessive, coudre et tricoter, tu peux rester chez nous, tu ne manqueras de rien.

– Oui, répondit Blancheneige, j'accepte de tout mon cœur, et elle resta chez eux.

Elle tint la maison en ordre. Le matin, ils partaient pour les montagnes où ils cherchaient le minerai et l'or, le soir ils rentraient et alors leur repas devait être préparé. La fillette étant seule

1. Marâtre : belle-mère (deuxième femme du père).

tout le jour, les bons nains lui conseillèrent la prudence et dirent :

– Prends garde à ta belle-mère, elle saura bientôt que tu es ici, surtout ne laisse entrer personne.

Mais la reine, croyant avoir mangé le foie et les poumons de Blancheneige, ne douta pas d'être de nouveau la première et la plus belle de toutes, elle se mit devant son miroir et dit :

Petit miroir, petit miroir chéri,
Quelle est la plus belle de tout le pays ?

Alors le miroir répondit :

Madame la Reine, vous êtes la plus belle ici.
Mais Blancheneige au-delà des monts
Chez les sept nains
Est encore mille fois plus jolie.

Alors la frayeur la prit, car elle savait que le miroir ne disait pas de mensonge, elle comprit que le chasseur l'avait trompée et que Blancheneige était toujours en vie. Et alors elle se creusa de nouveau la cervelle pour trouver un moyen de la tuer, car, tant qu'elle n'était pas la plus belle de tout le pays, la jalousie ne lui laissait pas de repos. Et quand elle eut enfin imaginé un moyen, elle se farda[1] le visage, s'habilla en vieille mercière[2] et fut tout à fait méconnaissable. Ainsi faite, elle se

1. Se farda : se maquilla.
2. Mercière : marchande d'articles de couture.

rendit chez les sept nains par-delà les sept montagnes, frappa à la porte et cria :

– Belle marchandise à vendre ! À vendre !

Blancheneige regarda par la fenêtre et dit :

– Bonjour, ma brave femme, qu'avez-vous à vendre ?

– De la bonne marchandise, de la belle marchandise, répondit-elle, des lacets de toutes les couleurs, et elle en sortit un, qui était fait de tresses multicolores.

« Je peux bien laisser entrer cette brave femme », se dit Blancheneige, elle tira le verrou et fit emplette du joli lacet.

– Enfant, dit la vieille, comment es-tu fagotée ! Viens ici, que je te lace comme il faut.

Blancheneige ne se méfiait pas, elle se plaça devant elle et se fit mettre le lacet neuf. Mais la vieille la laça si vite et la serra tant que Blancheneige en perdit le souffle et tomba comme morte.

– Maintenant, dit la vieille, tu as cessé d'être la plus belle, et elle s'en fut en courant.

Peu après, à l'heure du dîner, les sept nains rentrèrent chez eux, mais quelle ne fut pas leur frayeur en voyant leur chère Blancheneige couchée par terre ; et elle ne remuait et ne bougeait pas plus qu'une morte. Ils la relevèrent et, découvrant qu'elle était trop serrée, coupèrent le lacet. Alors elle se remit à respirer un peu et se ranima petit à petit. Quand les nains apprirent ce qui s'était passé, ils dirent :

– La vieille mercière n'était autre que cette reine impie. Sois sur tes gardes, et ne laisse entrer personne quand nous ne sommes pas près de toi.

Sitôt rentrée chez elle cependant, la mégère alla devant son miroir et demanda :

Petit miroir, petit miroir chéri,
Quelle est la plus belle de tout le pays ?

Alors il répondit comme l'autre fois :

Madame la Reine, vous êtes la plus belle ici,
Mais Blancheneige au-delà des monts
Chez les sept nains
Est encore mille fois plus jolie.

En entendant ces mots, elle fut si effrayée que tout son sang reflua vers son cœur, car elle voyait bien qu'une fois encore, Blancheneige avait recouvré la vie.

– Mais maintenant, dit-elle, je vais inventer quelque chose qui te fera périr, et à l'aide de tours magiques qu'elle connaissait, elle fabriqua un peigne empoisonné.

Puis elle se déguisa et prit la forme d'une autre vieille femme. Elle se rendit chez les sept nains par-delà les sept montagnes, frappa à la porte et cria :

– Bonne marchandise à vendre ! À vendre !

Blancheneige regarda dehors et dit :

– Passez votre chemin, je ne peux laisser entrer personne.

– Tu as bien le droit de regarder, dit la vieille, elle sortit le peigne empoisonné et le tint en l'air.

Il plut tellement à l'enfant qu'elle se laissa tenter et ouvrit la porte. Lorsqu'elles furent d'accord sur l'achat, la vieille lui dit :

– À présent, je vais te coiffer comme il faut.

La pauvre Blancheneige, qui ne se méfiait de rien, laissa faire la vieille, mais à peine celle-ci lui eut-elle mis le peigne dans les cheveux que le poison fit son effet et que la jeune fille tomba sans connaissance.

– Ô prodige de beauté, dit la méchante femme, maintenant c'en est fait de toi, et elle partit.

Par bonheur, c'était bientôt l'heure où les sept nains rentraient chez eux. Quand ils virent Blancheneige couchée par terre, comme morte, ils soupçonnèrent aussitôt la marâtre, cherchèrent et trouvèrent le peigne empoisonné, et à peine l'avaient-ils retiré que Blancheneige revenait à elle et leur racontait ce qui était arrivé. Alors ils lui conseillèrent une fois de plus d'être sur ses gardes et de n'ouvrir la porte à personne.

Une fois chez elle, la reine se mit devant son miroir et dit :

Petit miroir, petit miroir chéri,
Quelle est la plus belle de tout le pays ?

Alors il répondit comme avant :

Madame la Reine, vous êtes la plus belle ici,
Mais Blancheneige au-delà des monts
Chez les sept nains
Est encore mille fois plus jolie.

En entendant le miroir parler ainsi, elle tressaillit et trembla de colère :

– Blancheneige doit mourir, dit-elle, quand il m'en coûterait ma propre vie.

Là-dessus, elle alla dans une chambre secrète et solitaire où personne n'entrait jamais, et elle fabriqua une pomme empoisonnée. Extérieurement elle avait belle apparence, blanche avec des joues rouges, si bien qu'elle faisait envie à quiconque la voyait, mais quiconque en mangeait une bouchée était voué à la mort. Quand la pomme fut fabriquée, elle se farda le visage et se déguisa en paysanne, et ainsi faite, elle se rendit chez les sept nains par-delà les sept montagnes. Elle frappa à la porte, Blancheneige passa la tête par la fenêtre et dit :

– Je ne dois laisser entrer personne, les sept nains me l'ont défendu.

– Tant pis, dit la paysanne, je n'aurai pas de peine à me débarrasser de mes pommes. Tiens, je vais t'en donner une.

– Non, dit Blancheneige, je ne dois rien accepter.

– Aurais-tu peur du poison ? dit la vieille,

regarde, je coupe la pomme en deux, toi, tu mangeras la joue rouge et moi, la joue blanche.

Mais la pomme était faite si habilement que seul le côté rouge était empoisonné. La belle pomme faisait envie à Blancheneige et quand elle vit la paysanne en manger, elle ne put résister plus longtemps, tendit la main et prit la moitié empoisonnée. Mais à peine en avait-elle pris une bouchée qu'elle tombait morte. Alors la reine la contempla avec des regards affreux, rit à gorge déployée et dit :

– Blanche comme neige, rouge comme sang, noire comme ébène ! Cette fois les nains ne pourront pas te réveiller.

Et comme, une fois chez elle, elle interrogeait son miroir :

Petit miroir, petit miroir chéri,
Quelle est la plus belle de tout le pays ?

Il répondit enfin :

Madame la Reine, vous êtes la plus belle du pays.

Alors son cœur jaloux fut en repos, autant qu'un cœur jaloux puisse trouver le repos.

Mais en rentrant chez eux le soir, les nains trouvèrent Blancheneige couchée par terre, et pas un souffle ne sortait plus de sa bouche, elle était morte. Ils la relevèrent, cherchèrent s'ils ne trouvaient pas quelque chose d'empoisonné, la délacèrent, lui peignèrent les cheveux, la lavèrent avec de l'eau et du vin, mais tout cela fut inutile :

la chère enfant était morte et le resta. Ils la mirent sur une civière, s'assirent tous les sept auprès d'elle, la pleurèrent, et pleurèrent trois jours durant. Puis ils voulurent l'enterrer, mais elle était encore aussi fraîche qu'une personne vivante, et elle avait toujours ses belles joues rouges. Ils dirent :

– Nous ne pouvons pas mettre cela dans la terre noire, et ils firent un cercueil de verre transparent, afin qu'on pût la voir de tous les côtés, puis ils l'y couchèrent et écrivirent dessus son nom en lettres d'or, et qu'elle était fille de roi. Puis ils portèrent le cercueil sur la montagne et l'un d'entre eux resta toujours auprès pour le garder. Et les animaux vinrent aussi pleurer Blancheneige, d'abord une chouette, puis un corbeau, enfin une petite colombe.

Et Blancheneige demeura longtemps, longtemps dans le cercueil, et elle ne se décomposait pas, elle avait l'air de dormir, car elle restait toujours blanche comme neige, rouge comme sang et noire de cheveux comme bois d'ébène. Or il advint qu'un fils de roi se trouva par hasard dans la forêt et alla à la maison des nains pour y passer la nuit. Sur la montagne, il vit le cercueil et la jolie Blancheneige couchée dedans, et il lut ce qui était écrit dessus en lettres d'or. Alors il dit aux nains :

– Laissez-moi ce cercueil, je vous donnerai tout ce que vous voudrez en échange.

Mais les nains répondirent :

– Nous ne vous le céderons pas pour tout l'or du monde.

Alors il leur dit :

– En ce cas, faites-m'en cadeau, car je ne puis pas vivre sans voir Blancheneige, je le vénérerai et le tiendrai en estime comme mon bien le plus cher.

En l'entendant parler ainsi, les bons nains eurent pitié de lui et lui donnèrent le cercueil. Le prince ordonna à ses serviteurs de l'emporter sur leurs épaules. Il advint alors qu'ils trébuchèrent contre un buisson et que, par suite de la secousse, le trognon de pomme empoisonné dans lequel Blancheneige avait mordu lui sortit du gosier. Et bientôt elle ouvrit les yeux, souleva le couvercle de son cercueil et se dressa, ressuscitée.

– Ah Dieu, où suis-je ? s'écria-t-elle.

Plein de joie, le prince lui dit :

– Tu es auprès de moi.

Il lui raconta ce qui s'était passé et dit :

– Je t'aime plus que tout au monde ; viens avec moi au château de mon père, tu seras ma femme.

Alors Blancheneige l'aima et le suivit, et leur noce fut préparée en grande pompe et magnificence[1].

1. En grande pompe et magnificence : dans une grande et somptueuse cérémonie.

Mais on invita aussi à la fête la méchante marâtre de Blancheneige. Quand elle eut revêtu de beaux habits, elle alla devant son miroir et dit :

Petit miroir, petit miroir chéri,
Quelle est la plus belle de tout le pays ?

Le miroir répondit :

Madame la Reine, vous êtes la plus belle ici.
Mais la jeune reine est mille fois plus jolie.

Alors la méchante femme poussa un juron et elle fut effrayée, tellement effrayée qu'elle ne sut que faire. D'abord, elle ne voulut pas du tout aller à la noce. Mais la curiosité ne lui laissa pas de répit[1], il lui fallut partir et aller voir la jeune reine. Et en entrant, elle reconnut Blancheneige, et d'angoisse et d'effroi, elle resta clouée sur place et ne put bouger. Mais déjà on avait fait rougir des mules[2] de fer sur des charbons ardents, on les apporta avec des tenailles et on les posa devant elle. Alors il lui fallut mettre ces souliers chauffés à blanc et danser jusqu'à ce que mort s'ensuive.

1. Répit : pause, repos.
2. Mules : pantoufles.

L'oiseau d'or

Une fois, il y a bien longtemps, il était un roi qui avait un joli jardin d'agrément derrière son château, et là il y avait un arbre qui portait des pommes d'or. Quand les pommes furent mûres, on les compta, mais dès le lendemain, il en manqua une. On rapporta la chose au roi, qui ordonna qu'on eût chaque nuit à monter la garde sous l'arbre. Le roi avait trois fils, à la nuit tombante il envoya le premier au jardin, mais sur le coup de minuit, il ne put pas s'empêcher de dormir, et le lendemain matin, il manquait de nouveau une pomme. La nuit suivante, ce fut le deuxième fils qui dut prendre la garde, mais il lui arriva la même chose : quand minuit eut sonné, il s'endormit et le matin il manquait une pomme. Vint alors le tour du troisième fils, qui était prêt aussi à monter la garde, mais le roi n'avait guère confiance en lui et pensait qu'il se montrerait moins capable encore que ses frères ; pourtant, il finit par le lui permettre. Le jeune homme s'étendit donc sous l'arbre, resta éveillé et sut résister au sommeil. Quand minuit sonna, un frémissement parcourut l'air et il vit au clair de lune un oiseau qui venait vers lui à tire-d'aile et dont le plumage brillait comme de l'or. L'oiseau se percha sur l'arbre et il venait juste de becqueter une pomme quand le jeune homme lui décocha une flèche. L'oiseau s'enfuit, mais la flèche l'avait atteint et l'une de ses plumes d'or tomba. Le jeune homme la ramassa, le lendemain il la porta à son père et lui raconta ce qu'il avait vu pendant la nuit. Le roi réunit son conseil et tout le monde déclara qu'une plume pareille avait plus de valeur que le royaume tout entier.

– Si cette plume est si précieuse, déclara le roi, il ne me sert de rien d'en avoir une, il me faut et j'aurai l'oiseau entier.

Le fils aîné se mit en route, se fiant à son intelligence il se croyait sûr de trouver l'oiseau d'or. Après avoir fait un bout de chemin, il vit un renard assis à l'orée d'un bois, il épaula son fusil et le visa. Le renard s'écria :

– Ne tire pas, en échange je te donnerai un bon conseil. Tu es parti à la recherche de l'oiseau d'or et ce soir tu arriveras dans un village où il y a deux auberges qui se font face. L'une est toute brillante de lumières, et on y mène joyeuse vie :

mais n'y entre pas, va dans l'autre, même si tu lui trouves mauvaise apparence.

« Comment ce sot animal pourrait-il me donner un conseil raisonnable ! » pensa le prince, et il appuya sur la détente, mais il manqua le renard, qui étira sa queue et s'en fut vivement dans le bois. Après quoi il poursuivit son chemin et arriva le soir dans le village où il y avait les deux auberges : dans l'une on chantait et on dansait, l'autre avait une apparence misérable et triste. « Je serais bien fou, pensa-t-il, d'aller dans cette auberge sordide et de tourner le dos à la belle. » Il alla donc dans la maison de joie, y mena une vie dissolue[1] et oublia l'oiseau, son père et tous les bons principes.

Au bout d'un certain temps, comme le fils aîné ne rentrait toujours pas à la maison, le deuxième se mit en route pour chercher l'oiseau d'or. Comme l'aîné, il rencontra le renard qui lui donna le bon conseil auquel il ne fit pas attention. Il arriva aux deux auberges ; à la fenêtre de celle d'où sortaient des cris de joie, il vit son frère qui l'appelait. Il ne put pas résister, entra et ne vécut plus que pour son plaisir.

Il s'écoula de nouveau un certain temps, puis le plus jeune prince voulut partir à son tour pour

1. Dissolue : désordonnée.

tenter sa chance, mais son père n'y consentit pas. « Ce n'est pas la peine, se dit-il, il a encore moins de chances que ses frères de trouver l'oiseau d'or, et s'il lui arrive quelque malheur, il ne saura pas se tirer d'affaire ; c'est le don qui lui manque le plus. » Mais comme il n'avait plus de répit, il finit cependant par le laisser partir. Le renard était encore à l'orée du bois, il demanda grâce et donna le bon conseil. Le jeune homme fut compatissant et dit :

– Sois tranquille, petit renard, je ne te ferai pas de mal.

– Tu ne le regretteras pas, dit le renard, et pour arriver plus vite, monte donc derrière, sur ma queue.

Et à peine se fut-il assis que le renard se mit à courir à toutes jambes, si vite que les cheveux en sifflaient au vent. Quand ils furent au village, le jeune homme descendit, suivit le bon conseil, et entra sans se retourner dans la modeste auberge, où il passa tranquillement la nuit. Le lendemain, quand il arriva dans le champ, le renard était déjà là et lui dit :

– Je veux te dire encore ce qui te reste à faire. Va toujours tout droit, tu verras enfin un château devant lequel toute une bande de soldats sont couchés, mais ne t'en occupe pas, ils seront tous en train de dormir et de ronfler : passe au milieu, entre sans détour dans le château et traverse toutes les chambres; pour finir, tu arriveras à un cabinet où un oiseau d'or se trouve dans une cage de bois. À côté il y a une cage d'or vide pour la parade, mais garde-toi de sortir l'oiseau de sa vilaine cage pour le mettre dans la belle, autrement il pourrait t'en cuire.

Ayant dit ces mots, le renard tendit de nouveau sa queue et le prince monta dessus : ils partirent à toutes jambes, si vite que les cheveux en sifflaient au vent. Une fois arrivé au château, il trouva tout comme le renard l'avait dit. Le prince entra dans le cabinet où l'oiseau d'or était perché dans une cage de bois et une cage d'or était accrochée à côté : quant aux trois pommes d'or, elles étaient dispersées dans la pièce. Alors il pensa qu'il était ridicule de laisser le bel oiseau dans cette cage grossière et laide; il ouvrit la porte, le saisit et le mit dans la cage d'or. Mais à l'instant même l'oiseau poussa un cri perçant. Les soldats se réveillèrent, firent irruption dans la pièce et le conduisirent en prison. Le lendemain, il fut traduit devant un tribunal et, comme il avoua tout, il fut condamné à mort. Pourtant, le roi déclara qu'il lui laisserait la vie à une condition, à savoir s'il lui apportait le cheval d'or qui court encore plus vite que le vent, et qu'il lui donnerait par-dessus le marché l'oiseau d'or comme récompense.

Le prince se mit en route, mais il soupirait et était tout triste, car où trouverait-il le cheval d'or ? Tout à coup, il vit son vieil ami le renard assis sur le bord du chemin.

– Tu vois, dit le renard, cela vient de ce que tu ne m'as pas obéi. Pourtant aie confiance, je vais m'occuper de toi et te dire comment tu obtiendras le cheval d'or. Il faut que tu ailles tout droit, tu arriveras à un château où le cheval est à l'écurie. Devant l'écurie il y aura les palefreniers[1], mais ils seront en train de dormir et de ronfler et tu pourras tranquillement faire sortir le cheval d'or. Toutefois prends garde à une chose : mets-lui la mauvaise selle de bois et de cuir, et surtout pas la selle d'or qui est accrochée à côté, autrement il pourrait t'en cuire.

Puis le renard tendit sa queue, le prince monta dessus, et ils partirent à toutes jambes, si vite que les cheveux en sifflaient au vent. Tout se passa exactement comme le renard avait dit ; il arriva à l'écurie où se trouvait le cheval d'or : mais au moment de lui mettre la mauvaise selle, il pensa : « Un si bel animal sera déshonoré si je ne lui mets pas la riche selle qui est digne de lui. » Mais à peine la selle d'or eut-elle touché le cheval qu'il se mit à hennir bruyamment. Les palefreniers se

1. Palefreniers : domestiques chargés de s'occuper des chevaux.

réveillèrent, s'emparèrent du jeune homme et le jetèrent en prison. Le lendemain, il fut condamné à mort par le tribunal, mais le roi promit de lui laisser la vie et par-dessus le marché le cheval d'or, s'il réussissait à lui amener la belle princesse du château d'or.

Le cœur lourd, le jeune homme se mit en route, mais par bonheur il ne tarda pas à trouver le renard fidèle :

– Je devrais te laisser à ton malheur, dit le renard, mais j'ai pitié de toi et je vais encore une fois te tirer d'affaire. Ton chemin te mène tout droit au château d'or : tu y arriveras le soir, et la nuit, quand tout sera silencieux, la belle princesse ira se baigner à la maison de bains. Et quand elle entrera, tu te précipiteras sur elle et tu lui donneras un baiser, alors elle te suivra et tu pourras l'emmener : seulement n'accepte pas qu'elle dise auparavant adieu à ses parents, autrement il pourrait t'en cuire.

Puis le renard tendit sa queue, le jeune homme monta dessus, et ils partirent à toutes jambes, si vite que les cheveux en sifflaient au vent. Arrivé au château d'or, tout se trouva comme le renard avait dit. Il attendit jusqu'à minuit ; quand tout fut plongé dans un profond sommeil et que la belle demoiselle se rendit à la maison de bains, il bondit vers elle et lui donna un baiser. Elle lui dit qu'elle irait volontiers avec lui, mais elle le supplia en pleurant de lui permettre de dire auparavant adieu à ses parents. D'abord, il résista à ses prières ; mais comme elle pleurait de plus en plus fort et tombait à ses pieds, il céda finalement. Mais à peine la jeune fille eut-elle touché le lit de son père qu'il se réveilla et avec lui tous ceux qui étaient dans le château, et le jeune homme fut arrêté et jeté en prison.

Le lendemain le roi lui dit :

– Tu mérites la mort et tu n'obtiendras ta grâce que si tu déplaces la montagne qui est devant mes fenêtres et me bouche la vue, et cela doit être fait en huit jours. Si tu y parviens, tu auras ma fille en récompense.

Le prince se mit à creuser et à enlever la terre à la pelle sans relâche ; au bout de sept jours, quand il vit combien il avait peu avancé et que tout son travail se réduisait pour ainsi dire à rien, il fut pris d'une grande tristesse et perdit tout espoir. Mais le soir du septième jour, le renard apparut et dit :

– Tu ne mérites pas que je m'occupe de toi, mais va seulement te coucher et dors, je ferai le travail à ta place.

Le lendemain, quand il se réveilla et regarda par la fenêtre, la montagne avait disparu. Plein de joie, le jeune homme courut chez le roi et lui annonça qu'il avait rempli la condition et que, bon gré mal gré, le roi devait tenir parole et lui donner sa fille.

Alors ils partirent tous les deux et le fidèle renard ne tarda pas à les rejoindre.

– Il est vrai que tu as la meilleure part, dit-il, mais le cheval d'or et la princesse du château d'or vont ensemble.

– Comment puis-je obtenir ce cheval ? demanda le prince.

– Je vais te le dire, répondit le renard, conduis d'abord la belle demoiselle chez le roi qui t'a envoyé au château d'or. Il y aura grande liesse [1], ils te donneront volontiers le cheval d'or et l'amèneront devant toi. Monte dessus sans tarder et pour leur dire adieu, tends-leur la main à tous, à la belle demoiselle en dernier, et quand tu l'auras saisie, tire-la d'un coup à toi et prends la fuite : et personne ne pourra te rattraper, car le cheval court plus vite que le vent.

Tout cela s'accomplit heureusement, et le prince emmena la belle demoiselle sur le cheval d'or. Le renard ne s'arrêta pas en chemin et dit au jeune homme :

– Maintenant je vais aussi t'aider à obtenir l'oiseau d'or. Quand tu approcheras du château où se trouve l'oiseau, fais descendre la demoiselle, je

1. Liesse : joie débordante partagée par tous.

la prendrai sous ma garde. Puis entre dans la cour du château monté sur le cheval d'or : à ta vue il y aura grande liesse et ils t'apporteront l'oiseau d'or. Quand tu auras la cage en main, reviens vers nous en toute hâte et ramène la demoiselle.

Quand le projet eut réussi et que le prince voulut rentrer chez lui avec ses trésors, le renard lui dit :

– À présent, récompense-moi de mon aide.

– Que veux-tu ? demanda le prince.

– Que tu me tues et me coupes la tête et les pattes quand nous serons dans la forêt que tu vois là-bas.

– Ce serait une jolie façon de te remercier, dit le prince, je ne peux vraiment pas te l'accorder.

– Si tu ne veux pas le faire, dit le renard, il faudra que je te quitte ; mais avant de m'en aller, je vais encore te donner un bon conseil. Garde-toi de deux choses : n'achète pas de gibier de potence [1] et ne t'assieds pas sur la margelle d'un puits.

Là-dessus, il s'en fut dans la forêt.

Le jeune homme pensa : « C'est un bizarre animal, qui a d'étranges lubies ! Qui irait acheter du gibier de potence, et quant à m'asseoir sur la margelle d'un puits, je n'en ai encore jamais eu envie. » Il continua de chevaucher avec la belle demoiselle et son chemin l'amena de nouveau à traverser le

1. Gibier de potence : personne condamnée à être pendue (la potence est un instrument de supplice qui sert à la pendaison).

village où ses deux frères étaient restés. Il y avait là grand attroupement et grand tapage et quand il demanda ce qui se passait, on lui dit que deux hommes allaient être pendus. En s'approchant, il vit que c'étaient ses frères, qui avaient fait toutes sortes de tours pendables et avaient dissipé leurs biens. Il demanda si l'on ne pouvait pas leur rendre la liberté.

– Si vous voulez payer pour eux, dirent les gens, mais pourquoi iriez-vous donner votre argent pour racheter ces vauriens ?

Lui cependant ne réfléchit pas, paya pour eux et quand ils furent libérés, ils continuèrent leur voyage ensemble.

Ils arrivèrent dans la forêt où ils avaient rencontré le renard pour la première fois, et comme il y faisait frais et agréable et que le soleil tapait dur, les frères dirent :

– Reposons-nous un peu pour boire et manger au bord de cette fontaine.

Il y consentit, et tout en parlant, il s'oublia et s'assit sur la margelle sans s'attendre à mal. Mais les deux frères le poussèrent et il tomba à la renverse dans le puits ; alors ils prirent la demoiselle, le cheval et l'oiseau et rentrèrent chez leur père :

– Nous ne rapportons pas seulement l'oiseau d'or, dirent-ils, nous avons pris aussi comme butin au château d'or le cheval d'or et la demoiselle.

Alors il y eut grande liesse, mais le cheval ne mangeait pas, l'oiseau ne chantait pas et la demoiselle restait là à pleurer.

Cependant le plus jeune frère n'avait pas péri. Par bonheur, le puits était à sec et il tomba sans se faire mal sur la mousse molle, mais il ne put pas ressortir. Une fois de plus, le renard ne le laissa pas dans l'embarras, il le rejoignit en bas d'un bond et le gronda d'avoir oublié son conseil.

– Mais je ne peux pas m'en empêcher, dit-il, je vais t'aider à remonter à la lumière du jour.

Il lui dit de saisir sa queue et de s'y cramponner solidement, puis il le tira jusqu'en haut.

– Tu n'es pas encore hors de danger, dit le renard, tes frères n'étaient pas sûrs de ta mort, ils ont posté dans la forêt des gardes qui te tueront si tu te fais voir.

Comme il y avait un pauvre homme sur le bord de la route, le jeune homme échangea ses vêtements avec lui et il arriva dans cet appareil[1] à la cour du roi. Personne ne le reconnut, mais l'oiseau se mit à chanter, le cheval à manger, et la demoiselle cessa de verser des larmes. Surpris, le roi demanda :

– Qu'est-ce que cela signifie ?

Alors la demoiselle répondit :

– Je ne le sais pas, mais j'étais si triste, et me voici

1. Appareil : accoutrement, tenue vestimentaire.

maintenant tout heureuse. C'est comme si mon vrai fiancé était arrivé.

Elle lui raconta tout ce qui s'était passé, bien que les autres frères l'eussent menacée de mort si elle révélait quelque chose. Le roi ordonna qu'on fît paraître devant lui tous les gens qui se trouvaient dans son château ; alors le jeune homme vint aussi en vieil homme vêtu de haillons [1], mais la demoiselle le reconnut aussitôt et lui sauta au cou. On se saisit des méchants frères et ils furent exécutés, quant à lui il épousa la belle demoiselle et le roi le fit son héritier.

Mais qu'est-il advenu du pauvre renard ? Longtemps après le prince retourna dans la forêt, il rencontra le renard qui lui dit :

– Tu as à présent tout ce que tu peux désirer, mais moi, mon malheur ne veut pas prendre fin et pourtant il est en ton pouvoir de me délivrer, et de nouveau il lui demanda instamment de le tuer et de lui couper tête et pattes.

Il le fit donc, et c'était à peine accompli que le renard se changeait en homme, et ce n'était personne d'autre que le frère de la belle princesse, enfin délivré de l'enchantement qu'il avait subi. Et désormais rien ne manqua plus à leur bonheur tant que dura leur vie.

1. Haillons : vêtements usés et déchirés.

Jean le Veinard

Quand Jean eut servi son maître pendant sept ans, il lui dit :

– Maître, mon temps est fait, je voudrais bien m'en retourner chez ma mère, donnez-moi mon salaire.

Le maître répondit :

– Tu m'as servi fidèlement et honnêtement, tel service, tel salaire, et il lui donna un lingot d'or qui était aussi gros que la tête de Jean. Celui-ci tira son mouchoir de sa poche, y enveloppa le lingot, le mit sur son épaule et prit le chemin du retour. Comme il cheminait ainsi, mettant toujours un pied devant l'autre, il aperçut un cavalier qui, dispos[1] et joyeux, s'en venait au trot sur un cheval fringant[2].

– Ah, dit Jean à voix haute, quelle belle chose que d'aller à cheval ! On est assis comme sur une

1. Dispos : bien portant.
2. Fringant : vif.

chaise, on ne se cogne pas aux pierres, on économise ses chaussures et on avance sans s'en apercevoir.

Le cavalier, qui l'avait entendu, s'arrêta et lui cria :

– Alors nigaud, pourquoi vas-tu à pied ?

– Je suis bien obligé, répondit-il, j'ai là un lingot à porter chez moi ; il est vrai qu'il est en or, mais il me force à courber la tête, et puis il m'écrase l'épaule !

– J'ai une idée, dit le cavalier, nous allons faire un échange, je te donne mon cheval et tu me donnes ton lingot.

– De tout cœur, dit Jean, mais je vous en avertis, il faudra vous traîner avec.

Le cavalier mit pied à terre, prit l'or, aida Jean à monter, lui mit les guides entre les mains et lui dit :

– Si tu veux que ça aille très vite, tu n'as qu'à claquer de la langue et à crier hop ! hop !

Jean fut ravi d'être sur le cheval et de trotter ainsi d'un air dégagé. Au bout d'un petit moment, il lui vint à l'idée d'aller encore plus vite, il se mit à claquer de la langue et à crier hop ! hop ! Le cheval prit le galop, et sans avoir eu le temps de dire ouf ! Jean se trouva désarçonné et jeté dans le fossé qui séparait les champs de la grand-route. Le cheval se serait sauvé s'il n'avait pas été arrêté par un paysan qui marchait sur le chemin en poussant sa vache devant lui. Jean rassembla ses membres et se remit sur ses jambes. Mais il était mécontent et dit au paysan :

– Aller à cheval est une mauvaise plaisanterie, surtout quand on tombe sur une rosse[1] comme celle-ci qui vous secoue et vous jette par terre à vous faire rompre le cou ; jamais plus je ne remonterai là-dessus. Ah ! parlez-moi de votre vache, on peut marcher tranquillement derrière et par-dessus le marché on a son lait, du beurre et du fromage assurés tous les jours. Que ne donnerais-je pas pour une vache comme ça !

– Eh bien, si cela peut vous faire vraiment plaisir, je veux bien échanger ma vache contre votre cheval.

Jean accepta avec joie ; le paysan enfourcha le cheval et s'en fut vivement.

Jean poussa tranquillement la vache devant lui en réfléchissant à son heureux marché :

– Pourvu que j'aie un morceau de pain, et je n'en manquerai certainement pas, je pourrai manger du beurre et du fromage avec, aussi souvent qu'il me plaira ; si j'ai soif, je trairai ma vache et je boirai du lait. Mon cœur, que demandes-tu de plus ?

1. Rosse : mauvais cheval.

Quand il arriva devant une auberge, il fit halte et dans son excès de joie, il mangea sans rien laisser tout ce qu'il avait emporté, déjeuner et dîner, puis pour ses derniers liards[1], il se fit servir un demi-verre de bière. Après quoi il continua de conduire sa vache, toujours en direction du village maternel. Plus midi approchait, plus la chaleur devenait accablante, et Jean se trouva dans une lande où il devrait bien marcher encore une heure. Alors il eut tellement chaud que la soif lui colla la langue au palais. « La chose n'est pas sans remède, pensa Jean, je vais traire ma vache et me désaltérer avec son lait. » Il l'attacha à un arbre mort et comme il n'avait pas de seau, il mit sous le pis sa casquette de cuir, mais en dépit de tous ses efforts, pas une goutte de lait n'apparut. Et comme il s'y prenait maladroitement, la bête impatiente lui décocha finalement un tel coup sur la tête avec une de ses pattes de derrière qu'il s'abattit en titubant et demeura un moment sans pouvoir se rappeler où il se trouvait. Heureusement un boucher s'en venait justement par le chemin, avec un jeune cochon dans une brouette.

– Vous en faites de belles ! s'écria-t-il en aidant le brave Jean à se relever.

1. Liards : petites pièces de monnaie.

Jean lui raconta ce qui lui était arrivé. Le boucher lui tendit sa gourde et lui dit :

– Buvez un coup et remettez-vous. La vache ne peut sans doute pas donner de lait, c'est une vieille bête, bonne tout au plus pour la charrue ou l'abattoir.

– Hé, hé, dit Jean en se passant la main dans les cheveux, qui eût dit cela ! Certes, c'est bien agréable de pouvoir abattre une bête pareille à la maison, quelle viande cela donne ! Mais je n'aime pas beaucoup la viande de bœuf, je ne la trouve pas assez succulente. Dame, si l'on avait un jeune cochon comme celui-là ! Ça vous a un autre goût, sans parler des saucisses.

– Écoutez, Jean, dit alors le boucher, pour vous être agréable, je veux bien changer avec vous et vous laisser mon cochon contre votre vache.

– Dieu vous récompense de votre obligeance ! dit Jean.

Il lui donna la vache, se fit délier le cochon de la brouette et mettre en main la corde qui le ficelait.

Jean continua son chemin en se disant que vraiment, tout tournait à souhait pour lui, que s'il lui arrivait un ennui il se trouvait aussitôt réparé. Peu après, un garçon se joignit à lui, qui portait sous son bras une belle oie blanche. Ils se dirent bonjour et Jean se mit à parler de sa chance et de la façon si avantageuse dont il avait toujours fait ses marchés. Le garçon raconta qu'il allait porter son oie à un festin de baptême.

– Soulevez-la un peu, ajouta-t-il en la prenant par les ailes, voyez comme elle est lourde, mais il faut dire aussi qu'on l'a gavée pendant huit semaines. Qui mordra dans le rôti devra s'essuyer la graisse des deux côtés.

– Oui, dit Jean en la soupesant d'une main, elle pèse son poids, mais mon cochon n'est pas mal non plus.

Cependant, le garçon jetait de tous côtés des regards inquiets en hochant la tête. Puis il dit :

– Écoutez, il doit y avoir quelque chose de louche avec votre cochon. Au village d'où je viens, on en a volé un dans l'étable du maire. Je crains que vous ne l'ayez là, à la main. Ils ont envoyé du monde à sa recherche, et ce serait une mauvaise affaire si on vous attrapait avec ce porc ; le moins qui puisse vous arriver, c'est d'être jeté au cachot.

Le brave Jean fut pris de peur.

– Ah mon Dieu, dit-il, tirez-moi d'embarras, vous vous y connaissez mieux que moi par ici, prenez mon cochon et laissez-moi votre oie en échange.

– Cela ne va pas sans risque, répondit le garçon, mais je ne veux pas non plus qu'il vous arrive malheur par ma faute.

Il prit donc la corde en main et emmena bien vite le cochon sur un petit chemin de traverse ; quant au brave Jean, délivré de ses soucis, il partit en direction de son pays, son oie sous le bras. « En y réfléchissant bien, se disait-il à lui-même, j'ai encore gagné au troc ; d'abord le bon rôti, puis la quantité de graisse qu'il rendra, ça me donnera des tartines de graisse d'oie pour trois mois, et enfin les belles plumes blanches, j'en ferai bourrer mon oreiller et là-dessus, je m'endormirai bien sans qu'on me berce. Comme ma mère va être contente ! »

Quand il eut traversé le dernier village, il vit un rémouleur[1] avec une carriole, sa roue ronronnait et il l'accompagnait en chantant :

Ciseaux, couteaux, je les repasse vivement
Et je sais voir d'où vient le vent.

Jean s'arrêta pour le regarder ; enfin, il lui adressa la parole et dit :

– Vos affaires doivent bien marcher pour que vous soyez si gai en travaillant.

– Oui, répondit le repasseur, ce métier-là est une mine d'or. Un vrai rémouleur est un homme qui trouve de l'argent dans sa poche chaque fois qu'il fouille dedans. Mais où avez-vous acheté cette belle oie ?

1. Rémouleur : artisan qui aiguise les couteaux et les ciseaux.

– Je ne l'ai pas achetée, mais reçue en échange de mon cochon.

– Et le cochon ?

– Je l'ai eu pour une vache.

– Et la vache ?

– Je l'ai eue pour un cheval.

– Et le cheval ?

– Je l'ai eu en échange d'un lingot d'or aussi grand que ma tête.

– Et l'or ?

– Hé, c'était mon salaire pour sept ans de service.

– Vous avez toujours su vous débrouiller, dit le rémouleur, maintenant si vous trouvez un moyen d'entendre l'argent sauter dans vos poches quand vous vous lèverez chaque matin, votre fortune est faite.

– Et comment dois-je m'y prendre ? demanda Jean.

– Faites-vous rémouleur comme moi, il n'y faut qu'une pierre à meule, le reste se trouve tout seul. En voilà une, il est vrai qu'elle est un peu abîmée, mais je ne vous demanderai rien d'autre en échange que votre oie ; cela vous va ?

– Comment pouvez-vous me le demander, répondit Jean, cela fait de moi l'homme le plus heureux de la terre ; si j'ai de l'argent chaque fois que je mets la main à la poche, qu'ai-je besoin de me faire encore du souci ?

Il lui tendit son oie et reçut la meule.

– Et maintenant, dit le rémouleur en soulevant une grosse pierre ordinaire qui se trouvait à côté de lui, voilà encore par-dessus le marché une pierre solide sur laquelle vous pourrez taper et redresser vos vieux clous. Prenez-la et conservez-la soigneusement.

Jean se chargea de la pierre et continua sa route, le cœur content ; ses yeux brillaient de joie.

– Je dois être né coiffé [1], s'écria-t-il, tout ce que je souhaite se réalise comme si j'étais un enfant du dimanche.

Cependant, comme il était sur ses jambes depuis le lever du jour, il commença de sentir la fatigue, et puis la faim le tourmentait, car dans sa joie d'avoir acquis la vache, il avait mangé toutes ses provisions d'un seul coup. Pour finir, il eut de la peine à continuer et dut s'arrêter à chaque instant ; avec cela les pierres lui pesaient d'une façon lamentable. Alors il ne put s'empêcher de penser qu'il serait bien agréable de n'avoir pas à les porter juste en ce moment. Il se traîna comme une limace jusqu'à un puits, pensant s'y reposer et se désaltérer en buvant une gorgée d'eau fraîche ; mais afin de ne pas abîmer les pierres en s'asseyant, il les posa avec précaution sur la margelle

1. Être né coiffé : être chanceux.

du puits, à côté de lui. Puis il s'assit et voulut se pencher pour boire, mais il les heurta légèrement par inadvertance et les deux pierres tombèrent lourdement au fond. Après les avoir vues de ses propres yeux s'engouffrer dans la profondeur du puits, Jean sauta de joie, puis, les larmes aux yeux, il se mit à genoux et remercia Dieu de lui avoir fait cette nouvelle grâce et, sans qu'il eût rien à se reprocher, de l'avoir débarrassé si gentiment des lourdes pierres qui ne faisaient plus que le gêner.

– Il n'est personne d'aussi heureux que moi sous le soleil, s'écria-t-il.

Puis, le cœur léger et libre de tout fardeau, il s'en alla en gambadant jusque chez sa mère.

La clé d'or

Par un jour d'hiver, la terre étant couverte d'une épaisse couche de neige, un pauvre garçon dut sortir pour aller chercher du bois en traîneau. Quand il eut ramassé le bois et chargé le traîneau, il était tellement gelé qu'il ne voulut pas rentrer chez lui tout de suite, mais faire du feu pour se réchauffer un peu d'abord. Il balaya la neige, et tout en raclant ainsi le sol, il trouva une petite clé d'or. Croyant que là où était la clé, il devait y avoir aussi la serrure, il creusa la terre et trouva une cassette[1] de fer. « Pourvu que la clé aille ! pensa-t-il, la cassette contient sûrement des choses précieuses. » Il chercha, mais ne vit pas le moindre trou de serrure ; enfin il en découvrit un, mais si petit que c'est tout juste si on le voyait. Il essaya

1. Cassette : petit coffre.

la clé, elle allait parfaitement. Puis il la tourna une fois dans la serrure, et maintenant il nous faut attendre qu'il ait fini d'ouvrir et soulevé le couvercle, nous saurons alors quelles choses merveilleuses étaient contenues dans la cassette.

Carnet de lecture

Il était une fois deux frères amis…

Pour l'amour des mots…

Jacob et Wilhelm Grimm sont nés respectivement en 1785 et 1786 à Hanau, dans une région qui fait partie de l'Allemagne actuelle. Ils sont les aînés d'une famille de neuf enfants, dont six seulement ont survécu : le cas n'est pas rare à cette époque où beaucoup d'enfants meurent en bas âge.

Leur père meurt à son tour alors qu'ils ont environ 10 ans, épreuve qui marque leur enfance. Plus tard, leur mère les pousse à faire des études de droit, pour qu'ils suivent le chemin de leur père. Pourtant, très vite, ce sont la langue allemande et les légendes qui les passionnent. De multiples voyages et différents emplois dans des bibliothèques, puis comme professeurs dans des universités, leur permettent de mener tout au long de leur vie des recherches sur ces sujets.

C'est ainsi qu'ils publient, avec un grand succès, plusieurs livres de contes et de légendes populaires allemands, qui recueillent des centaines d'histoires. Ils ont également entrepris un dictionnaire très complet de la langue allemande, qui expose non seulement les significations de chaque mot, mais qui retrace aussi ses origines et son évolution au cours de l'histoire. Lorsque Wilhelm meurt, à 73 ans, puis Jacob, à 78 ans, ce vaste ouvrage comporte déjà plusieurs volumes mais reste inachevé : d'autres chercheurs continuent la tâche après leur mort et c'est un siècle plus tard que sera publié le trente-deuxième et dernier volume !

À la recherche des contes

Au temps des frères Grimm, l'Allemagne n'existait pas comme une nation unie. Ce qui constitue un seul pays aujourd'hui était alors morcelé en un grand nombre de royaumes, de duchés ou de principautés. Pourtant, par-delà les frontières qui les séparaient, les habitants de ces différents territoires avaient le sentiment de partager une même culture germanique. Ce sentiment national a été renforcé par les guerres napoléoniennes, qui ont permis à l'empereur français de conquérir une grande partie de l'Allemagne. C'est ainsi qu'entre 1808 et 1813 Jacob Grimm est directeur de la bibliothèque de Jérôme Bonaparte, que son frère Napoléon a placé sur le trône de Westphalie !

Le désir est donc grand à cette époque de retrouver la culture germanique. Les frères Grimm vont beaucoup contribuer à cette tâche, en récoltant un très grand nombre de contes et de légendes populaires. Ces récits, ils ne vont pas les chercher dans des livres au fond des bibliothèques. Ils veulent des histoires vivantes, telles qu'elles ont été transmises oralement, de génération en génération. Ils vont à la rencontre des personnes qui racontent ces histoires, en particulier les femmes. Wilhelm épousera l'une d'entre elle, Henrietta Dorothea Wild.

En France, Perrault avait déjà recueilli des contes au temps de Louis XIV. Mais ils s'adressait à des gens de la cour et avait rendu ces récits plus élégants par une langue recherchée et l'ajout d'une moralité. Jacob et Wilhelm, au contraire, veulent garder au conte son allure populaire. La langue est celle du peuple, l'histoire est parfois brutale et violente, le récit rendu plus vivant par de nombreux dialogues.

Dès la première édition des *Contes de l'enfance et du foyer* en 1812, les frères Grimm ont connu un immense succès. D'autres éditions ont suivi, avec de nouveaux contes, et même des illustrations d'un troisième frère Grimm : Ludwig Emil. Très vite, ces contes ont été traduits en différentes langues, et sont désormais lus, racontés, illustrés ou adaptés au cinéma dans le monde entier.

Le conte : comment ça marche ?

Quand on ouvre un vieux réveil pour savoir comment il fonctionne, on trouve des ressorts et des rouages. Faisons de même avec le conte et découvrons ses mécanismes.

On s'aperçoit alors que des récits très variés présentent des caractéristiques communes.

Les étapes de l'histoire

Le conte est un récit, donc il s'y passe quelque chose : la situation a été modifiée entre le début et la fin de l'histoire. La situation de départ, qu'on appelle *situation initiale*, est présentée très rapidement, et elle se caractérise par sa banalité : le conte ne commence jamais au milieu d'une aventure. On trouve les personnages chez eux, dans leur château ou leur chaumière : un tailleur qui mange de la confiture, un couple qui cherche à avoir des enfants ou à les nourrir malgré sa pauvreté.

L'histoire commence vraiment lorsque quelque chose vient déranger cette routine. Cet *élément perturbateur* peut être un événement (une famine, le second mariage du roi avec une méchante femme, la disparition d'une pomme d'or), ou simplement le désir d'un personnage, une volonté soudaine qui le pousse hors du foyer.

Voici alors nos personnages lancés sur les chemins, dans cette suite d'aventures qu'on nomme *péripéties*. L'histoire n'est guère compliquée, mais elle peut se prolonger quand les péripéties se répètent, comme souvent dans le conte : plusieurs rencontres successives toujours un peu pareilles et un peu différentes, des combats et des épreuves qui se ressemblent, de géant en licorne, d'oiseau d'or en cheval d'or, du lacet à la pomme en passant par le peigne.

Heureusement, un dernier événement amènera le *dénouement* : il permettra de résoudre la situation et d'établir un nouvel ordre, par exemple par le mariage du héros ou son retour au foyer. À moins que le conteur ne s'amuse à laisser son lecteur imaginer lui-même le dénouement, comme dans *La clé d'or*. Mais c'est un cas exceptionnel.

Un parcours semé d'embûches

Qu'est-ce qui pousse nos héros à agir ? Ils sont *en quête* de quelque chose. Le tailleur part à la conquête de la gloire, tandis que d'autres cherchent plus simplement à rentrer chez eux, comme Jean le Veinard, Jeannot et Margot ou même Blancheneige. Cependant, le plus souvent ils ont un objectif précis : trouver une princesse dans un château lointain, une jeune fille emprisonnée dans une tour sans porte, sept frères dans une montagne de verre, ou un trésor dans un coffre fermé à clé.

Cette quête est rendue difficile par des obstacles nombreux. Ce sont parfois des événements : la sœur des corbeaux perd l'osselet que lui avait donné l'étoile du matin ; des oiseaux ont mangé les miettes de pain qui devaient servir à retrouver son chemin dans la forêt. Mais ce sont le plus souvent des personnages qui viennent s'opposer aux héros et peuvent présenter un danger de mort : des géants, des magiciennes ou des marâtres…

Heureusement, nos héros trouveront aussi de l'aide chez d'autres personnages mieux intentionnés : une étoile, des nains hospitaliers, un renard ou un poisson qui parlent. Et souvent c'est en eux-mêmes que les personnages chercheront le moyen de se tirer d'affaire, par leur astuce, leur courage, ou simplement une bonne humeur qui leur apporte la chance.

L'école de la vie

Les contes de Perrault, comme les fables de La Fontaine, sont accompagnés d'une moralité qui nous rappelle qu'une leçon peut être tirée de ces histoires. Si les frères Grimm, quant à eux, ont préféré garder l'histoire brute, sans y ajouter de morale, il n'est pas difficile pour le lecteur de deviner celle-ci.

C'est que les personnages eux-mêmes apprennent beaucoup par leurs aventures. Est-ce un hasard si les héros sont le plus souvent des enfants ou de jeunes gens ? On met souvent en avant leur jeunesse ou leur petitesse. Et même parmi un groupe d'enfants, c'est toujours le plus jeune qui sera le héros.

Alors le chemin qu'il suit sera celui de sa vie, et les obstacles qui se présentent sont autant d'épreuves qu'il devra surmonter pour en sortir plus fort. Parfois, il fera des erreurs dont il paiera le prix : par trois fois le héros de *L'oiseau d'or* sera emprisonné pour n'avoir pas suivi les conseils du renard ; par trois fois encore, Blancheneige frôlera la mort pour s'être laissé séduire par les apparences séduisantes de sa marâtre déguisée. Mais la récompense finale est là pour rappeler que cet apprentissage est bénéfique.

Certes, *Du pêcheur et de sa femme* montre que les contes ne finissent pas toujours bien. Mais, par cette histoire, on voit que les adultes peuvent aussi avoir besoin d'une petite leçon. Il est vrai que dans le conte, si les petits subissent beaucoup d'épreuves, ce sont souvent les plus grands qui sont punis à la fin…

Bienvenue dans l'univers du conte

Les contes de Grimm sont-ils des « contes de fées » ? On pourrait en douter, car on n'y trouve guère le modèle classique de la jeune et belle fée aux robes vaporeuses, qui règle tout d'un coup de baguette magique. Certaines histoires sont même dénuées de toute présence surnaturelle, comme celle de *Jean le Veinard*. Pourtant le merveilleux est rarement absent dans ces récits ; mais il se rencontre au détour d'un chemin dans un univers bien réel et parfois même très ordinaire.

Des personnages ordinaires et extraordinaires

Les personnages du conte sont parfois des rois, des reines, des princes et des princesses, mais on y rencontre aussi bien de petits tailleurs, de pauvres bûcherons ou de modestes pêcheurs. Quel que soit leur statut, il semble qu'ils ne puissent échapper à des problèmes familiaux, dont les enfants font souvent les frais. La mère n'a pas souvent le beau rôle : dans certains cas elle n'est pas mentionnée, comme dans *Les sept corbeaux* ou *L'oiseau d'or* ; dans d'autres cas elle se montre légère ou capricieuse, comme la femme du pêcheur, la mère de Raiponce ou celle de Jeannot et

Margot. Le cas extrême est celui de la marâtre de Blancheneige qui, rongée par la jalousie, ne semble avoir d'autre but que de faire disparaître sa belle-fille. Les pères ne valent guère mieux : quand ils ne sont pas passifs comme le père de Blancheneige, ils se montrent faibles ou mal avisés et contribuent grandement au malheur de leurs enfants.

La séparation est souvent la conséquence de ces problèmes : les enfants sont éloignés du foyer. Mais cette séparation apparaît comme fatale et inévitable : elle semble être la condition pour que le petit devienne grand. Très souvent, sa réussite est illustrée à la fin par le fait qu'il fonde un nouveau foyer en se mariant à son tour.

À la rencontre du merveilleux

C'est justement à l'extérieur du foyer que surgit le merveilleux. Il peut se trouver dans le voisinage, derrière la frontière d'un mur, comme la magicienne de *Raiponce* ; mais le plus souvent il se trouve au loin, comme la sorcière de *Jeannot et Margot* (*Hansel et Gretel*) tapie dans sa tanière au fond d'une forêt. Les personnages fabuleux représentent souvent un danger, qui peut se révéler dans leur apparence même, comme la taille des géants ou la corne de la licorne pour le petit tailleur. Cependant, ce danger ne se perçoit pas toujours immédiatement, et les sorcières notamment savent séduire les imprudents par des appâts irrésistibles comme un jardin fleuri de raiponces ou une maison faite de friandises. Et l'inoffensif oiseau blanc n'a-t-il pas été envoyé à dessein pour attirer Jeannot et Margot vers le piège de la sorcière ?

Il est vrai que les animaux eux-mêmes sont rarement dans les contes des êtres naturels. Leur caractère fabuleux peut se révéler dans leur apparence, comme celle de la licorne, du cheval d'or et de l'oiseau d'or. Mais il peut résider aussi dans des pouvoirs magiques qu'ils mettront au service du héros : ce sont ces animaux parlants que sont le turbot dans *Du pêcheur et de sa femme* et le renard dans *L'oiseau d'or*. Et comme dans ce dernier cas ou celui des sept corbeaux, l'apparence animale peut être la conséquence d'un enchantement que devra effacer le héros pour les ramener à leur état humain.

Voyage d'un lieu à l'autre

Le plus souvent, dans le conte, il n'y a pas d'histoire sans déplacement. Si le personnage ne voyage pas, alors c'est le décor qui change par magie, comme la maison du pêcheur, dont toute l'aventure repose sur ces transformations successives. L'histoire du tailleur commence véritablement lorsqu'il quitte sa maison, et le signe de sa réussite sera, à la fin, son établissement dans le palais royal.

Mais pour un tailleur qui part gaillardement à l'aventure, que de héros envoyés loin de leur demeure qui n'aspirent qu'à y revenir, et ne le feront qu'en subissant de grands dangers et de longs détours ! Et ce danger est d'autant plus grand lorsque leur chemin passe par la *forêt*. Celle-ci est le lieu où l'on se perd, où l'on risque sa vie en rencontrant des forces magiques et maléfiques. Certes, Blancheneige y trouvera un refuge, sous la forme de la maisonnette des sept nains, mais cela n'écartera pas le péril. Et, le plus souvent, le cœur des forêts renferme de faux abris, des lieux d'emprisonnement et de mort : la caverne des géants, la maison de la sorcière de *Jeannot et Margot*, la tour sans escalier ni porte où est retenue Raiponce.

Ainsi, le sort des héros tiendra à leur capacité à échapper à certains lieux de danger. Mais leur destin peut être aussi d'entrer dans des endroits impénétrables et merveilleux : trois châteaux successifs pour le héros parti en quête de l'oiseau d'or, la montagne de glace pour la jeune fille à la recherche de ses sept frères.

Gros plan sur les objets

On pourrait croire que toute aventure nécessite une grande préparation, mais nos héros ne préparent pas leurs bagages avant de partir. Ils n'ont ni valises ni sacs à dos. Le plus souvent, ils emportent quelques objets très simples : un petit bout de fromage pour le tailleur ; des cailloux blancs pour Jeannot ; un anneau, une miche de pain, une cruche d'eau et une chaise pour la sœur des corbeaux. Mais le conte nous amène à porter un regard différent sur ces objets banals, par l'usage surprenant qui peut en être fait. Le fromage deviendra l'objet d'un tour de passe-passe pour impressionner un géant ; les cailloux serviront à retrouver son chemin dans la forêt ; l'anneau permettra aux sept corbeaux de reconnaître leur sœur ; un osselet peut servir aussi bien à tromper une sorcière qu'à ouvrir une montagne de verre.

De plus, les objets semblent avoir une autre valeur que dans la vie courante : le lecteur sera étonné de constater qu'une petite chaise pour la fatigue est aussi nécessaire qu'une miche pour la faim et une cruche pour la soif. Sans parler du lingot d'or, que Jean échange sans regret contre un cheval, puis une vache, puis un cochon, et ainsi de suite jusqu'à se retrouver les mains libres et le cœur toujours aussi léger.

Enfin, l'objet est tout aussi fascinant quand la magie s'en mêle. Un simple miroir devient oracle quand il parle. Et gare aux objets apparemment inoffensifs, quand ils sont aux mains d'une sorcière : un peigne ou une pomme deviennent alors des armes mortelles !

Les paroles restent

Nous savons que les contes se sont transmis oralement avant d'être retranscrits par des auteurs comme Perrault ou les frères Grimm. Encore aujourd'hui, quel est notre premier contact avec ces récits pendant les premières années de notre enfance ? Ils nous ont été lus ou racontés à haute voix. C'est pourquoi chacun garde en mémoire les mots du conte, en particulier certaines formules prononcées par les personnages : « Sésame, ouvre-toi », « Mère-grand, que vous avez de grandes dents », ou « Anne, ma sœur Anne, ne vois-tu rien venir ? »

Ces formules frappent l'oreille et s'impriment dans la mémoire parce qu'elles sont répétées au cours du récit comme le refrain d'une chanson. Parfois aussi elles marquent l'imagination par leur caractère musical et étrange, qui les fait ressembler à des comptines : « Bonhomme, Bonhomme, Timpetu ! / Turbot, turbot, l'as-tu vu ? », « Grigno, grigno, grignotons. / Qui grignote ma maison ? » Cette étrangeté semble associée à un mystère, ce que confirme le pouvoir magique de certaines répliques : elles apparaissent comme des formules secrètes, des sortes de mots de passe, lorsqu'il s'agit de faire descendre les cheveux de Raiponce, invoquer l'aide d'un poisson, d'un caneton, ou même d'un miroir.

Prenons donc garde à la puissance des mots, car c'est souvent par eux que surviennent les événements. Le tailleur est lancé dans une longue série d'aventures à cause de son « sept d'un coup », et sept enfants seront subitement transformés en corbeaux par une phrase malheureuse prononcée par leur père.

Table des matières

Le papier de cet ouvrage est composé de fibres naturelles, renouvelables, recyclables et fabriquées à partir de bois provenant de forêts plantées et cultivées expressément pour la fabrication de la pâte à papier.

Mise en pages : Maryline Gatepaille

Loi n° 49-956 du 16 juillet 1949
sur les publications destinées à la jeunesse
ISBN : 978-2-07-063914-4
Numéro d'édition : 286701
1er dépôt légal : mars 2011
Dépôt légal : mars 2015

Imprimé en Espagne par Novoprint (Barcelone)